漱石と明治

Natsume Soseki and the Meiji Era

水川隆夫

Mizukawa Takao

文理閣

はじめに

夏目漱石は、一八六七（慶應三）年に生まれ、一九一六（大正五）年に四九歳で死んだ作家である。彼の満年齢は、明治の年号と一致する。彼は、「維新の革命と同時に生れた余から見ると、明治の歴史は即ち余の歴史である」（「マードック先生の日本歴史」）という意識をいつも持ちつづけていた。そのため、彼の小説は、登場人物の行動や心理と人物を取り巻く時代背景とを、総体的・相互関連的にとらえて描こうとしている。また、彼の小説や評論や随想などには、明治時代の重要な出来事や人物、日本の近代化の特徴にふれたものなどが数多くある。こうして彼の作品は、明治という時代がもたらした成果と問題点、日本の近代化の光と影を、深く豊かに表現したものとなり得ている。私は、二〇〇四（平成一六）年度から、公益社団法人部落問題研究所文芸研究会に参加し、現在に至っている。その間、折に触れて、同所発行の月刊誌『人権と部落問題』の「文芸の散歩道」欄やその他の欄に、主として漱石について、時には他の近代作家について、短い文章を執筆してきた。

私の〝漱石散索〟はまだ終わったわけではないが、二〇一八（平成三〇）年に明治維新から一五〇年という節目の年を迎え、明治の歴史を美化したり偽造したりする言説がこれまで以上に世に溢れることが予想される現在、漱石及び他の近代作家の明治認識に関わる私の小篇を集めて一書を編みたいという思いが強くなってきた。

本書は、前記の月刊誌に掲載したものから二三篇を選び、同じ時期に他の新聞・雑誌・単行本などに執筆したものから七篇を選び、さらに新しく書き下ろしたもの二篇を加えて構成したものであり、合計三二篇から成っている。ただし、今回一書にまとめるにあたり、題名及び本文に多少の改変や修正をほどこしたものも多いことをお断りしておきたい。

本書に収めた小篇（ⅠⅡⅢ及びⅣ）は、取り扱った事項が起こった時期や取り上げた作品の発表年などによって、おおむね時代順に並べてあり、全体としてのゆるやかなつながりとまとまりはあるが、各小篇は、それぞれ独立している。目次を見て、興味を感じたものから読んでいただいても一向に差支えない。読者の方々が〝漱石〟や〝明治〟についての理解や関心を深めていく上で、本書がいささかでもお役に立つことがあれば幸いである。

成澤榮壽氏（部落問題研究所理事長・日本近代史）には、本書の原稿に目を通していただき、貴重な御意見を頂戴しました。川端俊英氏（同朋大学名誉教授・日本近代文学）には、文芸研究会への参加を誘っていただき、研究上の多くの示唆をいただきました。秦重雄氏（現・文芸研究会主任研究員）をはじめ、小原亨氏、山本彰良氏、桑原律氏、故渡辺己三郎氏、菱崎博氏、松井浩氏、福地秀雄氏、木全久子氏、その他文芸研究会に関わる方々には、大変お世話になり感謝しています。

最後になりましたが、快く出版を引き受けていただいた文理閣代表黒川美富子氏と同社編集部の皆様に心から御礼申し上げます。

二〇一七年十一月三日（文化の日）

水川　隆夫

目次

はじめに

Ⅰ 漱石と明治日本の出発 1
維新の志士と明治の元勲と 3
西郷隆盛と「正成論」 7
「観菊花偶記」と華族令 11
大日本帝国憲法発布のころ 16
帝国大学令とホイットマン論 20
軍隊式教育批判と徴兵忌避 25
貧富の格差と拝金主義 30
漱石とロンドンの巡査 ――「自転車日記」を中心に―― 34

Ⅱ 漱石と日露戦中・戦後 41
『吾輩は猫である』と警視庁の探偵 43
『吾輩は猫である』と実業家の探偵 52

『吾輩は猫である』の世界──型破りな発想　落語から── 57
漱石の厭戦小説──『猫』「幻影の盾」「趣味の遺伝」── 60
漱石と『破戒』──評価と衝撃── 72
「草枕」と探偵 77
「二百十日」の世界──「文明の革命」を求めて── 82
「二百十日」と落語 86
「野分」と探偵 101
『三四郎』と戦争 105
漱石の姦通小説──『それから』の場合── 110
『満韓ところどころ』の再検討 118
漱石と伊藤博文暗殺 122
漱石と広瀬中佐 126
『門』の中の京都 131

Ⅲ

漱石と明治の終焉 141
明治天皇の死と漱石 143

『こゝろ』――「明治の精神」と先生没後の私―― 149
わが作品を語る――『夏目漱石「こゝろ」を読みなおす』―― 153
漱石の〝戦争観〟に学ぶ 156
「私の個人主義」と「個人の尊重」 160

Ⅳ 日本近代文学と明治――小説四篇を通して――

163
泉鏡花「海城発電」――排外的ナショナリズムの野蛮―― 165
川上眉山『大村少尉』――日清戦争の悲劇―― 169
高浜虚子『朝鮮』――作者の「主観」を越える「写生」の成功―― 173
芥川龍之介「金将軍」――朝鮮侵略と歴史の粉飾―― 177
関連年表 181
初出一覧 188

I

漱石と明治日本の出発

維新の志士と明治の元勲と

漱石は、「野分」（一九〇七年）の主人公白井道也に、その演説の中で、「四十年前の志士は生死の間に出入して維新の大業を成就した」と語らせて、維新の志士たちに敬意をはらっている。しかし、漱石の作品を見ると、志士たちの幕末や明治維新後の行動や生き方のすべてを肯定していたのではないことがわかる。

「二百十日」（一九〇六年）の中に、「華族や金持」の横暴を痛烈に攻撃する圭さんに向かって、親友の碌さんが「此次《このつぎ》は天誅組になって筑波山に立て籠《こも》る積りだらう」と言ってからかうところがある。それに対して、豆腐屋出身の圭さんは、「なに豆腐屋時代から天誅組さ」と答える。

一八六二（文久二）年、土佐の若い庄屋吉村寅太郎らが脱藩し、翌年八月一四日、公卿中山忠光を奉じて天誅組を結成し、大和国五条の幕府の代官所を襲った。彼らは高取城を攻撃したが、形勢は次第に不利となり、挙兵軍は九月二七日に壊滅した。これ以後、天にかわって罰を加える「天誅」という言葉が幕末の流行語となった。

天誅組の変について、遠山茂樹は、⑴天領（幕府直轄領）の占拠が目指され、それが一時的ではあったが成功した点、またその成功が一時的にすぎなかった点、⑵下級武士激派と、郷士《ごうし》・地主層との連携による挙兵、しかも直接藩力を背景とせぬ草莽《そうもう》の倒幕軍であった点、を特徴として挙げている（『明治維新』一九五一年）。尊皇攘夷派から討幕派への転回点に位置する挙兵であり、かなり広い階層の人々を組織していたが、思想や計画が未熟であったことは否めない。「筑波山へ立て籠《こも》」ったのは、天誅組の変ではなく、一八六四（元治元）年二月から一二月にかけてつづいた天狗党の乱である。水戸藩の藤田小四郎《こしろう》・武田耕雲斎《こううんさい》らを中心に、党主に水戸の町奉行田丸稲之衛門《たまるいなえもん》を擁して太平山《おおひら》や筑波山にたてこもり、倒幕を実現しようとしたが、幕府の追討軍に敗れた。

碌さんが天誅組と天狗党の行動を正確に区別していないかのように読み取れるのは、漱石の記憶ちがいによるものであろう。あるいは、歴史や社会の出来事に関心の乏しい碌さんの記憶ちがいとして記したものと考えられなくもない。ともあれ、ここには、維新の志士たちの「天誅」の精神に対する共感とともに、広く人民の支持を得ないままに起こす過激な行動は必ず失敗に終わるという漱石の認識が示されている。

漱石は、随想『硝子戸の中』（一九一五年）の中に、「勤王とか佐幕とかいふ荒々《あらあら》しい言葉《ことば》の流行《はや》った八釜《やかま》しい頃」、夏目家へ押し入った八人組の黒装束を着けた泥棒のことを書いている。

彼らは、「軍用金《きん》を借《か》せ」と言って、漱石の父直克に迫った。直克は「ない」と言って断ったが、泥棒は、「今角《いまかど》の小倉屋《こくらや》といふ酒屋《さかや》へ入《はい》って、其所《そこ》で教へられて来《き》たのだから隠《かく》しても駄目だ」と言って動かず、とうとう五〇両以上も強奪された。

この泥棒が「勤王」であったのか「佐幕」であったのかは書かれていない。夏目家の人たちにもわからなかったのであろう。幕末の江戸の町には、軍用金目当ての押込み強盗や追剥《おいはぎ》が横行した。勤王派であれ佐幕派であれ、当時の町人たちにとって、武士たちは金品や生命を平気で奪うこともある恐ろしい存在であった。維新の志士たちは、時には一部の豪農や豪商らと同盟することもあり、たしかに幕藩体制を倒すという「大業を成就した」が、やはり支配階級としての武士の一派であったという漱石の意識が、この挿話には表れている。

『それから』（一九〇九年）の主人公長井代助の伯父長井直記や父長井得《とく》（幼名誠之助）も、維新の志士の中に入れても間違いではあるまい。もっとも、二人は討幕の志があって藩を離れたのではなく、評判の悪い無頼の侍から狼藉《ろうぜき》をしかけられ、斬り殺してしまったことがきっかけであった。伯父は京都で浪士に殺されたが、父は戊辰戦争に出た後、官僚から転じて実業界に入り、かなりの財産をたくわえた。父に言わせると、それは誠実と熱意の二つをもって若いときから国家社会のために尽くしてきた結果であるが、代助には、その言葉は偽善としか聞こえない。代助は兄嫁の梅子に向かって、「国家社会の為に尽《つく》して、金《かね》が御父《おとう》さん位儲《もう》かるなら、僕も尽《つく》しても好《い》い」などと皮肉な批評をしている。

維新の際の勲功によって明治政府の実権を握った「元勲」に対する漱石の評価は、きわめてきびしい。前記の白井道也は、その演説の中で、明治も四〇年を経た今日では、「政治に伊藤侯や山県侯を顧みる時代ではない」と青年たちに説いている。

漱石は、一九〇六（明治三九）年の「断片」では、「カノ元勲ナル者ハ自己ヲ以テ後世ニ示スニ足ル先例ト思フベシ。明治ノ歴史ニ於テ大ナル光彩ヲ放ツ人物ト思フベシ。大久保利通ガ死ンデ以来如何ニ小サクナリタルカヲ思ハズ。木戸孝允ガ今日ニ至ツテ忘レラレタルヲ思ハズ。気ノ毒ナ者ナリ」と記している。さらに、「今日迄ニ模範トナルベキ者一人モナシ。吾人ハ汝等ヲ模範トスル様ナケチナ人間ニアラズ」と断じている。

このような評価は、もとより明治維新後の薩長藩閥政府の政治体制や政策に対する漱石の批判にもとづいている。また、たとえば、伊藤博文やその他の元老が宮内省予算の中から多額の金を私的に流用している（一九〇九年六月一七日付「日記」）といった政治の腐敗に対する憤りに発している。

西郷隆盛と「正成論」

漱石は、維新の志士の中では、西郷隆盛に最も好意を抱いていた。少年の頃には、よく「西郷隆盛と楠正成《くすのきまさしげ》とどっちが偉《え》らからう」（「太陽雑誌募集名家投票に就て」一九〇五年）といった質問を発して、大人たちを困らせたという。

「二百十日」（一九〇六年）において、漱石は、主人公の圭さんの容貌について、「西郷隆盛の様な顔をして居る」と書いている。彼の「野生《原》の儘《まま》」の「いゝ体格」や、湯船の中で体を洗うときの「眼をぐり〳〵させ」「太い眉がくしゃりと寄って来る」「口は腹を切る時の様に堅く喰《くい》締《しば》った儘《まま》、両耳の方迄割《さ》けてくる」といった「仁王の行水」のような様子にも、西郷隆盛の面影がある。西郷は、「身長五尺九寸余、体重二九貫余。カラー十九半。この堂々たる体軀に加えて、巨眼重瞳《じゅうどう》、太い眉毛と引きしまった口元」（田中惣五郎『西郷隆盛』一九五八年）といった風貌の持ち主であった。

一九〇七（明治四〇）年二月、東京帝国大学に勤めていた漱石に朝日新聞社からの招聘《しょうへい》があった。彼は念願の創作に専念するために、ほぼ入社の意志を固めたが、帝国大学教授に比べると不安定な新聞社員となることに、まだ決心がつきかねていた。そこへ当時の主筆池辺三山が訪ねてきた。漱石は初めて三山に会って、「西郷隆盛に会ったやうな心持」(「池辺君の史論に就いて」一九一二年)になり、不安が全く消えて入社を決断したのだという。なお、池辺三山の父吉十郎は、西南戦争の際に西郷軍の熊本隊長となり、官軍に捕らえられて刑死している。

漱石は同年三月下旬から四月上旬にかけて京都旅行を楽しんだが、四月三日には、清閑寺境内の丘上にあった茶室郭公亭を訪れている(「日記」)。ここは、安政の大獄によって清水寺成就院の僧月照が幕府から追われたとき、西郷とひそかに会合して都落ちの計画を立てたところである。西郷は月照を救おうとして果たせず、抱き合って鹿児島湾に入水したが、自分一人だけ生き延びて奄美大島に流された。郭公亭を訪れた漱石は、西郷と月照の事件を知っていたにちがいない。

入社第一作の『虞美人草』(一九〇七年)では、宗近君が「一百里程塁壁の間」という句を甲野さんとの会話の中で引用している。これは西郷隆盛が城山で自刃する際に作ったとされる(実際には他人の作だが)七言絶句の第三句目である。漱石は、『文学論』(一九〇七年)でも、西郷の詩をとりあげて論評を加えている。

西郷隆盛(一八二七~七七)が政局を明治維新にまで導く上で、大きな功績を挙げたことは否定できない。特に、幕臣勝安房から幕府の腐敗した内情を知らされて公武合体派から討幕派へ転じて後は、その中心的指導者の一人として活躍した。一八六六（慶応二）年二月には、土佐藩を脱藩した坂本龍馬（『吾輩は猫である』では主人に「豪傑」と呼ばれている）の仲立ちで長州藩の木戸孝允と会談して薩長同盟を結び、討幕運動を進展させた。一八六八（慶応四）年四月には、勝安房と会談して平和的な江戸城明け渡しに成功した。

しかし、西郷は、一八七三（明治六）年一一月、征韓論争に敗れて下野した後、郷里へ帰り、私学校・砲兵学校を創設して士族の子弟を教育した。維新政府の政策も鹿児島へは及ばず、「西郷王国」とさえ呼ばれた。佐賀の乱、萩の乱など不平士族の反乱と敗北がつづくなか、西郷は、一八七七（明治一〇）年三月、県内外の不平士族におされて挙兵したが、政府の徴兵軍のために打ち破られ、九月二四日に城山で最期を遂げた。

後藤靖は、西郷らの反乱を、士族、とりわけ征韓派士族の独裁にもとづく「軍事的・封建的絶対主義」の実現をめざすものであったとして、自由民権運動の推進という国民的課題と相反するものであり、「一片の近代化の志向性」をも見出すことができないとしている（『士族反乱の研究』一九五七年）。一方、猪飼隆明は、士族反乱と自由民権運動との共通性を指摘し、ともに征韓論争から生まれ、両者とも維新政府の「有司専制」の打倒を目的として掲げていたこと、多くの民権派が西郷軍に参加していたことなどを挙げている（『講座日本歴史　七』一九八五年）。

熊本民権派が「ルソーの民約論を泣き読みつつ、剣を取って薩軍に投じた」(遠山茂樹『明治維新』一九五〇年)という西南戦争は、複雑な性格をもっている。

一八七八(明治一一)年二月、数え年一二歳の漱石は「正成論」という作文を書いた。楠正成の後醍醐天皇に対する「忠且義」を賞讃するとともに、「帝之ニ用ヰル薄クシテ却テ尊氏等ヲ愛シ遂ニ乱ヲ醸《カモ》スニ至ル」と天皇の論功行賞のあり方を批判している。そして、「然ルニ正成勤王ノ志ヲ抱キ利ノ為ニ走ラズ害ノ為メニ遁《ノガ》レズ膝ヲ汚吏貪士《オリトンシ》ノ前ニ屈セズ義ヲ蹈ミテ死ス嘆クニ堪《タ》フベケンヤ噫《アア》」と結んでいる。

小澤勝美は、この作文には、前年の西南戦争で死んだ悲劇の英雄西郷隆盛のイメージが楠正成の背後に重ねられていると解釈し、江戸市民の反薩長ムードと西郷びいきが少年金之助にも影響した可能性がきわめて高いとしている(『透谷と漱石　自由と民権の文学』一九九一年)が、妥当な推定であろう。特に、「膝ヲ汚吏貪士《オリトンシ》ノ前ニ屈セズ」という表現からは、維新政府の「有司専制」に対する漱石の反発を読み取ることができる。また、権力や金力の横暴や腐敗に対する批判という漱石の生涯を貫いた精神の萌芽が早くも表れている。

「観菊花偶記」と華族令

一八八六（明治一九）年、東京大学予備門予科三級の漱石は、「観菊花偶記」（菊花の偶《ぐう》を観《み》るの記）と題する漢作文を書いて提出した。その内容は、おおむね次のようなものであった。

東京市内に菊を育てる者があった。かつて自分が見に行った菊人形の姿態はまことに華麗で、配置や剪定《せんてい》もよくゆきとどいていた。そのとき、観客の一人が庭師に向かって、菊の本性に従わず天然の姿を全うさせないこのような育て方は誤りではないかと非難した。すると庭師は、世間で本性を曲げ天然の姿を屈しているものは菊だけではない。利禄《りろく》や爵位《しゃくい》が近くにくると、節操や道義、気概や志操といった尊いものを簡単に捨てて洪水のように流れていく。このような連中は高位高官であっても、その精神は失われている。どうしてこの菊と異なるところがあろうかと反論した。

庭師はさらに続けて、菊を栽培するときには、水や土や肥料を適切に与えて育てなければ自分の意志に従わせることができない。ところが、利禄や爵位によって誘われなくても、自分から天性を曲げる男がある。高位高官は世間が尊敬して手本としている者だが、このような有様である。どうしてこの菊人形だけを責めることができようかと述べた。観客は、とうとう答えることができなかった。

一海知義は、この一文を、「菊人形造りを通しての世相批判は、唐の柳宗元の散文『樹木を種《う》うる郭橐駝《かくたくだ》の伝』の手法、すなわち植木の栽培法を通しておこなう政治批判の手法を借りたものと思われる」と注している（『漱石全集』第十八巻、一九九五年）。

小澤勝美は、菊人形の華麗なしかし内容が空洞化している姿を寓喩的に用いて、当時の鹿鳴館的な世相を諷刺しているとする。また、自由民権運動の敗北を機にして急進的知識人の動揺と転向が起こり、時代の風潮の影響によって天性を屈して明治絶対主義的国家体制に取りこまれていく者が多かったことを批判しているとして、この漢文をすぐれた「政治小説」と呼んでいる（『透谷と漱石　自由と民権の文学』一九九一年）。

一八八一（明治一四）年以降、大蔵卿になった松方正義のデフレーション政策によって、深刻な不況が全国を襲った。自由民権運動の中心的な担い手は、士族・豪農から中・貧農へ移っていった。困窮に苦しむ農民らは実力で政府に反抗したが、いずれも鎮圧された。福島事件（一八八二年）、群馬事件、加波山事件、秩父事件（以上一八八四年）などがその代表的なものである。自由党の幹部もこれらの激化事件に運動を指導する自信を失い、一八八四（明治一七）

年一〇月に板垣退助らは自由党を解党した。同年一二月には大隈重信らが立憲改進党から脱党し、以後、自由民権運動は衰退していった。

私は、「観菊花偶記」が「利禄」や「爵位」を問題にしていることから見て、漱石がこの漢作文を書いた動機の一つに、一八八四（明治一七）年七月公布の華族令への批判があったと考えている。

明治政府は江戸時代の封建的身分制度を撤廃したが、天皇や皇族の下に華族・士族・平民を区別する族籍制度が作られ、華族には公・侯・伯・子・男の位階が設けられた。また、一八七一（明治四）年には解放令を発布して「穢多・非人」の称を廃止したが、周知のように、「新平民」という俗称のもとに部落差別は事実上続いた。

華族令の公布によって、従来の江戸時代の公卿・諸侯に加えて、明治時代に国家への勲功があったとされる政治家・官僚・軍人など二九名の士族が新しく華族となった。新華族のうち、一名を除いてすべてが薩長土肥出身者であった。薩長出身者が特に多く、薩摩藩出身の松方正義、長州藩出身の伊藤博文・山県有朋らは、そろって伯爵となった。藩閥政権を強固にするとともに、国会の開設に備えて、国民から選挙される衆議院に対抗して貴族院をつくるための準備でもあった。華族令交付後、自分も華族になりたいという要望が数多く出された。

漱石は、このような世襲の特権家族をつくることや族籍によって国民を差別することにはその後も一貫して批判的であった。一八九一（明治二四）年一一月七日付の正岡子規宛書簡では、子規が士族の子弟は「気節」（＝気骨）において工商の子に優るという意味のことを手紙に書いて寄越したことに対して、「君の議論は工商の子たるが故に気節なしとて四民の階級を以て人間の尊卑を分たんかの如く聞ゆ君何が故にかゝる貴族的の言語を吐くや若《も》しかく云はゞ吾之《これ》に抗して工商の肩を持たんと欲す」と激しく反論している。

また、大学生時代の評論「文壇に於ける平等主義の代表者『ウォルト、ホイットマン』Walt Whitman の詩について」（一八九二年）では、「共和国に門閥なく上下なく華士族新平民の区別なし」と述べて、アメリカの詩人ホイットマンの「平等主義」に深い共感を示している。

「吾輩は猫である」第三章（一九〇五・四）では、迷亭が自分の伯父は牧山男爵だとでたらめを言うと、実業家夫人・金田鼻子の態度が急に改まって言葉づかいもていねいになる様子を滑稽に描いている。一九〇六（明治三九）年のノートには、

同時代ノ人カラ尊敬サレルノハ容易ナコトデアル
㈠皇族ニ生レヽバヨイ
㈡華族ニ生レヽバヨイ
㈢金持ニ生レヽバヨイ

(四)権勢家ニ生レヽバヨイ

是等ニナレバスグ尊敬サレルノデアル。然シ百年ノ後ニハ誰モ之ヲ尊敬スル者ハナイ。

と記している。

大日本帝国憲法発布のころ

一八八九（明治二二）年二月一一日、大日本帝国憲法が明治天皇から欽定憲法として下付された。漱石が第一高等中学校本科一年のときであった。

伊藤博文らが起草したこの憲法は、天皇主権を明示して、立法・行政・司法の三権をすべて天皇に集中した。表現の自由などいくつかの基本的人権は認められたが、「法律の範囲内」という留保がつけられ、「悪法」の温存と新設とを可能にした。衆議院の選挙権・被選挙権は認められたが、納税額等で制限された男子だけの権利であり、貴族院も併設された。

憲法発布の祝典が行われた二月一一日の紀元節の日、伊藤内閣の文部大臣森有礼が永田町の官邸で山口県士族西野文太郎に刺殺された。同月一六日に葬儀が青山斎場で行われ、漱石はそれに参列する行列を路傍に並んで見送った。『三四郎』（一九〇九年）には、広田先生が葬儀の日の思い出を小川三四郎に語る場面があるが、このときの経験にもとづいている。

僕は高等学校の生徒であった。大臣の葬式に参列するのだと云って、大勢《おほぜい》鉄砲を担《かつ》いで出た。墓地へ行くのだと思ったら、さうではない。体操の教師が竹橋内《たけばしうち》へ引張《ひっぱ》って行って、路《みち》傍《ばた》へ整列さした。我々は其処《そこ》へ立ったなり、大臣の柩《ひつぎ》を送る事《こと》になった。名は送るのだけれども、実は見物したのと同然だった。（十一）

漱石は、森有礼の国家主義的な教育政策には批判意識をもっていた。そのことは、広田先生の言葉に森の死に対する哀悼の気持ちが全く見られないことからもうかがえる。しかし、漱石は、伊勢神宮へ参拝したとき自分のステッキで御簾《みす》を上げて中を覗くなどの不敬の行為があったとして森を刺殺した狂信的国粋主義者のテロ行為には衝撃を受け、嫌悪の念を抱いたと思われる。森の死が強く記憶に刻まれたのは、そのためでもあったろう。

大日本帝国憲法発布の影響で、第一高等中学校にも国家主義的風潮が強まり、同年五月頃には、校長木下広次の後援で国家主義を標榜《ひょうぼう》する学生団体が生まれた。漱石も入会を勧誘され一旦は入ったが、発会式の様子を見て、次のような演説をして退会したという。

国家は大切かも知れないが、さう朝から晩迄国家々々と云って国家に取り付かれたやうな真似は到底我々に出来る話ではない。常住坐臥《じょうじゅうざが》国家の事以外を考へてはならないといふ人はあるかも知れないが、さう間断なく一つ事《こと》を考へてゐる人は事実あり得ない。豆腐屋が豆腐を売って歩《ある》くのは、決して国家の為に売って歩《ある》くのではない。根本的の主意は自分の衣食の料を得る為《ため》である。然し当人はどうあらうとも其結果は社会に必要なものを供するといふ点に於て間接に国家の利益になってゐるかも知れない。（「私の個人主義」）

漱石は、この頃からすでに、基本的には、個々人が人格を高め個性を伸ばして生活を充実させることが結果として国家社会の利益につながると考えていた。彼は、人間を国家の道具として使おうとする思想や団体を拒否したのである。

翌一八九〇（明治二三）年六月、第一高等中学校本科二年の漱石は、ジェームズ・マードックから〝Japan and England in the Sixteenth Century〟（一六世紀における日本とイギリス）という英作文の課題を出されて提出した。

漱石は、その第一節「政治・社会状況」において、イギリスは一五世紀の終わりに「封建主義の果てしない廃墟《はいきょ》のあとに絶対王政が樹立されるという事態に見舞われ」、「テューダー王朝の王族たちの専制支配に対して一時は屈辱的に萎縮《いしゅく》した」が、その後、「自由の精神を追求してその究極に偉大な三つのことをなし遂げた。すなわち、国王は、議会の同意なしにいかなる法律をも定め得ず、国王は法に従って治世を行わねばならず、万一それに悖《もと》れば閣僚が責任を負わねばならぬのである。これらの特権こそは、イギリス国民の誇りとするところである」と述べた。「偉大な三つのこと」というのは、専制的な政治をほしいままにしていたチャールズ一世に対して、一六二八年に議会が要求して国民の権利としてかちとった「権利請願」(The Petition of Right)の内容を、マコーレーの「英国史」第一巻(一八四九年)によっておおまかに記したものである。漱石は、英作文の中で、この名誉革命をなし遂げたイギリス国民を、「不屈な意志をもち、強く自由を愛する国民」として高く評価した。ここには、日本の議会政治の将来の民主主義的な発展に対する彼の願いが感じられる。

すでに一八八六(明治一九)年以降、教科書は検定制度の下に置かれ、日本の古代史は、「古事記」「日本書紀」にもとづいて叙述しなければ検定を通過することができなかった。一八九〇年一〇月三〇日、憲法施行の前月に、忠君愛国の精神を小学一年生から脳裡《のうり》へすり込むために、教育勅語が下付された。それ以後、教育の国家統制はいっそう強まった。漱石は、翌一八九一(明治二四)年一一月一〇日付の正岡子規宛書簡の中で、「社会主義は高間原連より見れば悪説なり」と書いている。「高間原連」とは、「高間原《たかまがはら》」が天照大神の支配する天上の神々の国であることから、日本の神話を歴史的事実であるかのように主張したり記述したりしている国粋主義者たちを指す。この呼称には、漱石の彼らに対する揶揄《やゆ》と軽蔑の念が表れている。また、漱石が早い時期から「社会主義」への関心を示していることにも注意をひかれる。

帝国大学令とホイットマン論

一八九〇（明治二三）年九月、漱石は帝国大学文科大学英文学科に入学した。すでに一八八六（明治一九）年三月には、「帝国大学令」が公布されていた。それまで「大学ハ高尚ノ諸学ヲ教ル専門家ノ学校ナリ」（学則第三八章）と定められていた大学の目的は、「帝国大学ハ国家ノ要《ヨウ》ニ応スル学術技芸ヲ教授シ其蘊奥《ウンオウ》ヲ攷究《コウキュウ》スルヲ以テ目的トス」（第一条　傍線は引用者）と改められ、その国家主義的な性格を明確にした。

一八八九（明治二二）年一月、文部大臣森有礼は「学政の目的」について、

学政の目的も亦専ら国家の為と云ふことに帰せざるべからず。（中略）諸学校を通し、学政上に於ては、生徒其人の為にする非ずして、国家の為にすることを始終記憶せざるべからず。（傍線は引用者）

と説示した。

一方、大学時代の漱石は「教育の目的」について、

固《もと》より国家の為めに人間を教育するといふ事は理窟上感心すべき議論にあらず既に（国家の為めに）といふ目的ある以上は金を得る為めにと云ふも名誉を買ふ為にといふも或《あるい》は欲を遂げ情を恣《ほしいま》まにする為に教育するといふも高下の差別こそあれ教育外に目的を有するに至っては毫《ごう》も異なる所なし理論上より言へば教育は只教育を受くる当人の為めにするのみにて其固有の才力を啓発し其天賦の徳性を涵養《かんよう》するに過ぎずつまり人間としての当人の資格を上等にしてやるに過ぎず（「中学改良策」一八九二年）

と記している。漱石の教育観は、政府・文部省が推進している国家目的達成のための手段としての教育という考えとは全く異なり、各個人の人間的諸能力の発達を本来的な目的とするものであった。

もっとも、一方で、漱石は次のようにも述べている。

列国の中に立って彼我対等の地位を保つ以上は国家は何処迄も万代不朽なる冀《こいねが》はざるべか

らず（中略）世界の有様が今のまゝで続かん限りは国家主義の教育は断然廃すべからず

漱石は、「列国」が対立抗争し不平等条約の改定が課題となっているわが国の現状では、「国家主義の教育」の必要性を認めざるを得なかったのである。しかし、その理由は、あくまで日本が他国と「彼我対等の地位を保つ」ためであって、他国を植民地や従属国として支配するためではなかった。

漱石が大学二年のときに書いた評論に、「文壇に於ける平等主義の代表者『ウォルト、ホイットマン』Walt Whitman の詩について」（一八九二年）がある。彼は、この論文を、「革命主義を政治上に実行せんと企てたるは仏人なりを之《これ》文学上に発揮したるは英人なり」と書き起こし、フランス革命がバーンス、シェレー、バイロンなどイギリス一九世紀のロマン派の詩人たちに大きな影響を与えたことを指摘した。そして、「共和の政を実行し四海同胞の訓《おし》へを奉ずるアメリカ」において共和国を代表する詩人がいないことを不思議に思っていたところ、ウォルト・ホイットマンという「百姓の子」が出現し、「雄大奔放の詩」を作って、「共和国に門閥なく上下なく華士族新平民の区別なし」「族籍に貴賤なく貧富に貴賤なく之《これ》有らば只《ただ》人間たるの点に於て存す」という「平等主義」を説いたことを「近来の一快事」であるとした。

漱石は、ホイットマンの代表作『草の葉』(Leaves of Grass) における平等主義を、時間的平等と空間的平等との二側面から詳細に分析した。

前者については、ホイットマンは「一種の進化論を抱いて科学的の世界観を有」しているが、過去を野蛮な時代として賤《いや》しむのではない。「過去は広大なり。未来も亦広大ならん。奇なるかな、此広大なる過去と未来とは現世一代に蹙《せ》まる故に、我等何処《いづこ》の果に生息するとも、其《その》生息する所即ち万民の中心なり。百代の中心なり」と考えて、現在を生きるために奮闘したとする。

後者については、ホイットマンは「政体を観れば共和なり其制度を見れば平等なり」という点でアメリカを称揚したが、他国にも平等の権利を認めていたとして、「独仏伊西は愚《おろ》か遠く海山を隔てたる支那にせよ日本にせよ、我《わが》亜米利加人の如く親愛すべき人物は幾多もあらん、此人々と同胞の交りを締《てい》して真に往来するを得ば其幸《そのさいはひ》如何《いかに》ぞやと自ら其《その》詩中に名言」していることを挙げている。漱石はホイットマンが人類の進歩に楽天的な信頼を寄せるとともに、文明国の立場から日本やアジアを野蛮・半開の国として蔑視しなかったことを評価したのである。

また、漱石は、ホイットマンが「共和国の人民に必要なる資格」として「独立の精神」を強調するとともに、独立した個人を結合するものとして、〝manly love of comrades〟を重視したことを指摘する。これは異性間だけでなく同性間もふくむ同胞愛であり、『草の葉』第三版所収の詩「民主主義へ」(For You, O Democracy) の中にあることばである。

漱石は、バイロンらが「四民同権の主義実行し難きを憤り」、「厭世主義」に陥ったことを悲しむとともに、それと比較して、ホイットマンの「楽天教」を「壮」として讃嘆している。

このように、漱石はホイットマンの「平等主義」に共鳴し、その詩によって自分の精神を鼓舞された。また、独立した個人が愛によって結合することへの渇望は、生涯にわたる彼の作品の中に底流している。

漱石のホイットマン論は、その後高まってきた「脱亜入欧」の思潮、文明国である欧米列強の仲間入りをしてアジアに対して帝国主義的侵略を図ろうとする主張に対する批判でもあった。

軍隊式教育批判と徴兵忌避

一八八五（明治一八）年、伊藤博文内閣の文部大臣に任命された森有礼は、直ちに教育制度の改革にとりくみ、翌年、諸学校令を次々に公布して、富国強兵をめざす国家を支える国民の形成をはかった。

森は兵式体操（歩兵訓練のための体操と操練）による身体的・精神的教育の有効性を主張し、諸学校の体操科の中に導入した。

漱石は、一八八九（明治二二）年五月、第一高等中学校予科三年のときに書いた英作文 Debating on "Is The Military Exercise Best Suited for the Purpose of Physical Culture?"（討論―兵式体操は肉体錬成の目的に最善か）において、次のように論じている。あまり注意されていない文章なので少し長く引用しておきたい。

諸君、兵式体操は私にとっては辛すぎる訓練であります。それは、私と反対の立場に立つ弁士が格別ご指摘のように私が虚弱だからという理由によるものではなく、それが強制的、つまり私の意志に反て私に訓練を課するという理由によるものであります。

（中略）

私は兵式体操という名前を聞いただけで虫酸《むしず》が走ります。兵式体操において、われわれは、形こそ人間でも、鈍感な動物か機械的な道具のごとく遇されるのであります。われわれは、奴隷か犬のように扱われるのであります。しかしながら、いったい誰が犬のように卑屈に尻尾を振り、手を舐《な》めるでありましょうか。（中略）

結論として、次のように申し上げたい。われわれにとって最善の訓練とは、競艇、跳躍、ランニングやスポーツ競技、野外でのゲームなど、何であれ最高の喜びと、楽しみと、快適さを与えてくれるものである、と。（山内久明「訳注」『漱石全集』第二十六巻、一九九六年）

東京大学予備門・第一高等中学校時代の漱石は、スポーツを盛んにやり、楽しんだ。友人たちの回想によって、水泳、競艇、庭球、野球、登山、乗馬などを試みたことがわかる。機械体操が上手であったことには多くの証言がある。松本亦太郎の思い出によれば、意外なことに、「兵式体操の鉄砲扱いがうまかった」という。

漱石は、兵式体操を表面的には「うま」くやりながら、心の中では、このような嫌悪の念を育んでいたのである。この英作文には、人間を「動物」や「道具」や「奴隷」や「犬」のように扱い、自主的・自律的精神を育てない軍隊式教育に対する漱石の強い批判的心情が表れている。

漱石が徴兵を忌避したことはよく知られている。

一八七三（明治六）年に布告された徴兵令は、その後の改定によって次第に免役条項を制限していった。八九（明治二二）年一月の改定によって国民皆兵主義が確立し、学校生徒の免責が廃止されて、二六歳までの徴兵延期制となった。

一八九二（明治二五）年一月、東京都を主要な管下とする麻生大隊司令官は、各部長に対し徴兵延期や兵役免除に際してのきびしい審議を要求した。明治政府は、壬午軍乱（一八八二年）、甲申改変（一八八四年）を経て朝鮮における勢力を強めてきた清国に対して、軍隊を増強し戦争の準備をすすめていたのである。

同年四月五日、漱石は、徴兵猶予の期限切れを目前にして、北海道後志《しりべし》国岩内《いわない》郡吹上町十七番地に移籍して、徴兵検査を免れた。改正徴兵令の第三三条「本令ハ北海道ニ於テ函館江差福山ヲ除クノ外（中略）ニハ当分之ヲ施行セズ」を利用したものであった。

漱石は、これまで見てきたように、明治政府の国家主義的な諸政策に対して、一定の批判を抱いてきた。また、兵式体操の体験によって、軍隊教育が個人の尊厳を無視した苦役であることを感じとっていた。さらに、英文学を専攻した彼は、当時のイギリスの兵役制度が「志願制」であることを知っていたはずである。

漱石は、前にも述べたように、個々人が人格を高め個性を伸ばし、「社会に必要なものを供する」（「私の個人主義」）ことが、結果として国家の利益につながると考えていた。彼は、自分自身が「個性の発展」（同）によって社会に貢献するためには、国家が強制する兵役の義務を忌避してもかまわないと考えたのである。

一八九三（明治二六）年七月、漱石は帝国大学文科大学を卒業し、一〇月から高等師範学校講師となった。彼は、後年この当時のことをふりかえって、次のように語っている。

然し教育者として偉くなり得るやうな資格は私に最初から欠けてゐたのですから、私はどうも窮屈で恐れ入りました。（中略）どうあっても私には不向きな所だとしか思はれませんでした。奥底《おくそこ》のない打ち明けた御話をすると、当時の私はまあ肴屋《さかな》が菓子屋へ手伝ひに行ったやうなものでした。（「私の個人主義」）

一八八六（明治一九）年四月に師範学校令が発布され、師範学校と高等師範学校が設置された。森有礼文相は、師範教育の改革に格別に力を入れた。「生徒ヲシテ順良・信愛・威重ノ気質ヲ備ヘシムルコト」(第一条) を目的として、全寮制をとり、軍隊内務班にならって隊伍を編成し、兵式体操を重視し、生活のすべてをラッパによって規制するなど兵営生活と同じような軍隊式教育を実施した。さすがに高等師範学校では、師範学校ほどの軍隊式教育は行われていなかったが、それでも、漱石が「窮屈」と感じるような国家主義的、権威主義的、形式主義的な教育が行われていたものと思われる。漱石がこのような教育に「肴屋《さかな》が菓子屋へ手伝ひに行ったやうなもの」、つまり自分が考えている教育の目的や内容や方法とは全く違うという違和感を覚えたのは無理もなかった。

一八九五 (明治二八) 年三月、漱石は高等師範学校を退職し、四月から愛媛県尋常中学校に赴任した。

貧富の格差と拝金主義

学生時代の漱石は、「工業も興さざれば在庫空《むなし》ふして国其幣《そのへい》に堪へざらん運輸も便にせざれば有無を交換するに由なく政令遅滞《ちたい》して治民の術挙らざるべし」（『中学改良策』一八九二年）などと記しているように、工業や運輸などの産業を盛んにして生産力を高める必要を認めていた。だが、彼は、日本における資本主義の形成と展開を手放しで肯定することができなかった。その理由は、それが貧困と経済的格差による実質的な不平等を拡大したからであり、また、拝金主義などの道徳的堕落を促したと考えたからであった。

漱石は、一八八九（明治二二）年八月三日付の正岡子規宛書簡の中で、三兄和三郎の病後の転地療養に同行して興津の宿に泊《とま》ったときのてんまつを、次のように語っている。

小生等最初は水口屋と申す方に投宿せしに一週間二円にて誠にいや〳〵雲助同様の御待遇を蒙《こう》むれり。楼上には曽我祐準《そがすけのり》先生将軍乎《こ》として鎮座まします者《もの》から拙《せつ》如き貧乏書生は「パラサイト」同様の有様御憫《びん》笑可被下《くださるべく》候。（中略）宿屋の主人御山の大将を拝すること平蜘蛛《ひらぐも》の如く婢僕《ひぼく》の之を敬すること鬼神の如し。偖々《さてさて》金銭程世の中に尊きはあらじと楼下にて握《にぎ》り睾丸《ぎんたま》をしながら名論を発明仕り候。夫《それ》より忼慨心を鼓舞し身延屋といふに一週間三円の御散財にて御転居仰せ被出《いだされ》二三日逗留《とうりゅう》すると又々何処かの縉紳《しんしん》先生の為に追出され、どうにもこうにも駿河《するが》の国立ツたり寐たり又興津、清見の浦は清《す》むとても心はすまぬ浜千鳥啼くより外はなかりしが（ヤ、デン）といふ体裁（後略）

曽我祐準は、陸軍中将、枢密院顧問官であり、子爵でもあった。この義太夫調の戯文には、漱石の権力・金力ある者たちの尊大な態度に対する反感、彼らに迎合する者たちへの軽蔑、差別待遇に対する怒り、「金銭程世の中に尊きはあらじ」という拝金主義的な風潮に対する嫌悪などが表れている。特に、自他をともに笑うことによって憤りを発散しようとする試みは、のちの『吾輩は猫である』などにつながる諷刺的表現として注目される。

一八九一（明治二四）年一二月、漱石は担当教授ディクソンの依頼を受けて『方丈記』を英訳した。翻訳の冒頭につけた漱石自身の手によるA Short Essay on It（『方丈記』について）では、作者鴨長明の偏狭なペシミズムや社会からの全面的な逃避などを批判しながらも、長明の「拝金主義的で快楽追求的な醜い現世（Mammonworshipping, pleasurehunting ugly world）のおぞましい影響に汚されることのない真摯な生活」を「かなりの程度、称揚に価する」としている。このエッセイで考察されている時代は「方丈記」が書かれた鎌倉時代初期であるが、明治時代を同時に意識していたにちがいない。

一八九三（明治二六）年一月二九日、大学三年の漱石は、英文学談話会で、「英国詩人の天地山川に対する観念」と題して発表した。その中で、彼は、英国詩人の一人としてゴールドスミス（一七二八〜七四）をとりあげ、「農業主義を主《おも》んじて商買主義、工業主義、下っては錙銖《ししゅ》争奪主義、豪厘《ごうり》懸引主義を痛く嘆きし人」で「力を極《きわ》めて経済的の世界観を排撃」した「自然主義」の詩人として紹介している。「錙銖《ししゅ》争奪主義」とはわずかなものを奪い合って争うこと。「豪厘《ごうり》懸引主義」とはわずかなことにも商略を用いること（『漱石全集』第十三巻「注解」）。

前述したように工業・運輸など産業の発達の必要性を認めていた漱石は、ゴールドスミスの「農業主義」を全面的に支持していたわけではない。しかし、ゴールドスミスの「自然主義」については、「殖産興業の途開けて貧民其生を安んぜず、澆季《ぎょうき》（＝末世）風をなして道心漸《ようや》く微なり。故に山川主義でなくてはならぬと、説法したるが『ゴールドスミス』にて其由来するところは世の為め、人の為めなり」と解説して、次のような詩句を引用している。ここには、「農業主義」の立場から資本主義の問題点を鋭く指摘したゴールドスミスに対する漱石の一定の評価と共感をうかがうことができる。

法律は貧者を虐《しいた》げ／金持ちが法律を恣《ほしいまま》にする。（『旅人、あるいは社会の展望』一七六四年）

かくして一つの階級が肥大すると／その倍加した重みが下の者すべてを破滅させる。（同）

富が蓄えられ人が堕落する国土は／急速にすすむが害悪の餌食《えじき》となり、行末は暗い。（『廃村』一七七〇年）

『廃村』（The Deserted Village）は、ゴールドスミスの代表作の一つで、「囲い込み」などによる農民の離村の結果、荒廃した田園を歌ったものである。なお、漱石は、ゴールドスミスをクーパーと比較して、前者の方が人間に対しては「情合深かりし」と評している。

一九〇一（明治三四）年五月二〇日、安倍磯雄・片山潜・幸徳秋水らの六人は「社会民主党」を結成した。代表の安倍は、その宣言の冒頭を「如何にして貧富の懸隔《けんかく》を打破すべきかは実に二〇世紀に於ける大問題なりとす」と書き起こしたが、政府は安寧秩序に害あるものとしてこれを禁止した。

翌年三月一五日、ロンドン留学中の漱石は岳父中根重一宛の書簡に、「欧州今日文明の失敗は明かに貧富の懸隔《けんかく》甚しきに基因致候」と書き、今日の世界に「カールマークスの所論」のようなものが出てくるのは当然のことと思われると述べている。漱石は、当時の社会主義者とかなり共通した現実認識をもっていたのである。

漱石とロンドンの巡査

――「自転車日記」を中心に――

晩年の漱石の談話の中に、次のような一節がある。

外国の巡査、倫敦《ロンドン》の巡査などは市民との関係が甚だしっくりとして居る。恰《あたか》も友人関係である。物を問ふにも教へるにも甚《はなは》だ叮嚀《ていねい》で役人面をしない。日本の巡査も此節はコラ〳〵をモシ〳〵にかへた様に、人民に対する言葉づかひなど非常に叮嚀《ていねい》になって来た様だ。然し、それは一部分に就ての傾向であって、税務署員よりも、郵便局員よりも、何が威張るって、巡査の様に威張るものはあるまい（「文体の一長一短」『日本及び日本人』一九一六・九）。

一九〇〇（明治三三）年九月八日、熊本の第五高等学校教授であった漱石は、文部省から二年間のイギリス留学を命じられ、プロイセン号に乗り込んで横浜から出港した。

一〇月二八日にロンドンに到着して下宿生活をはじめた漱石は、当初道に迷うことが多かった。いつも一枚の地図を頼りに出歩いていたが、そのときの苦労を、のちに「地図で知れぬ時は人に聞く、人に聞いて知れぬ時は巡査を探す、巡査でゆかぬ時は又他の人に尋ねる。何人でも合点《がてん》の行く人に出逢ふ迄は捕へては聞き呼び掛ては聞く。かくして漸《ようや》くわが指定の地に至るのである」(「倫敦塔」一九〇五・一)と書いている。彼が前掲の「談話」の中で、「倫敦《ロンドン》の巡査」に対して持っていた「物を問ふにも教へるにも甚《はなは》だ叮嚀《ていねい》で役人面をしない」というイメージは、このような経験を重ねることによって形成されたものであろう。

また、同年一一月二三日付の「日記」には、

Hampstead Heath ヲ見ル　愉快ナリ　巡査ニ会ス　水夫トシテ日本ニ居リタル者ナリ日本ヲ頻《シキ》リニホメタリ

とある。漱石は、ロンドンの北部にあるハムステッド・ヒースと呼ばれる広大な公園を見物に行き、来合わせた巡査と「恰《あたか》も友人関係である」(前掲談話)かのように、親しく話し合ったものと思われる。

一九〇二(明治三五)年秋、強度の「神経衰弱」(九月一二日付妻鏡子宛書簡)に悩んでいた漱

石は、同宿の犬塚武夫（小宮豊隆の叔父）に勧められ、気分転換のために自転車の稽古をはじめた。彼が帰国後に書いた「自転車日記」（『ホトトギス』一九〇三・六）では、下宿の経営者である老姉妹から命じられてはじめたものとして、この稽古の顚末を自他を滑稽化して語っている。この小品の中には、ロンドンの巡査が三度姿を現す。

一度目は、「余」が馬場で練習しているとき、突然後からSir! と呼びかけられ、振り返ると、「一寸人を狼狽《ろうばい》せしむるに足る的の大巡査がヌーッと立って居て」、「茲《ここ》は馬を乗る所で自転車に乗る所ではないから自転車を稽古するなら往来へ出て遣《や》らしゃい」と注意されるところである。

また、二度目は、「余」が坂の上から自転車に乗って下って行くが、止めようとしても止まらず、車道から人道へ乗り上げ、板塀にぶつかって逆走した末、ようやく四つ角の巡査のすぐそばで停止するところである。巡査は笑いながら「大分骨が折れましゃう」と声をかけ、「余」は「イエス」と答えただけで、何も咎《とが》められずにすんだ。一度目と二度目の巡査は、ともに温厚で「役人面」をすることもなく、言葉遣いも「叮嚀《ていねい》」である。

ところが、三度目に現れる巡査には、少々奇妙な点がある。ある日、「余」と犬塚武夫と犬塚の友人小笠原長幹《ながよし》が遠乗りに出掛けたことがある。三人が自転車を並べて往来を走っていたとき、大きな荷車が突然目の前を横切ったので、真中を走っていた「余」は、左右どちらによけることもできず、両車の間にどうと落ちてしまった。

折しも余を去る事二間許《ばかり》の処に退屈さうに立って居た巡査（中略）が声を揚げてアハ、アハ、アハ、と三度笑った。其笑ひ方苦笑にあらず、冷笑にあらず、微笑にあらず、全くの作り笑なり、人から頼まれてする依托笑《いたくわらい》なり、此《この》依托笑をする為に此《この》巡査はシックスペンスを得たか、ワン、シリングを得たか、遺憾《いかん》ながら之を考究する暇がなかった。

「余」は、巡査の笑いを「作り笑」だとして、「人から頼まれてする依托笑《いたく》」だと見ている。そして、この「依托笑《いたく》」をするために、巡査は多少の金銭を受け取っていると推測している。それでは、誰が頼んだのだろうか。おそらく「余」は、はじめに自転車の乗ることを命じた下宿の老姉妹を疑っているのであろう。「自転車日記」の結びに近い次の一節も、この推測を強めるものとなっている。

余が廿貫目《にじっかんめ》の婆さんに降参して自転車責《ぜめ》に遇《あ》って以来、大落五度小落は其《その》数を知らず、（中略）而《しか》して遂に物にならざるなり、元来此二十貫目の婆さんは無暗に人を馬鹿にする婆さんにして、此婆さんが皮肉に人を馬鹿にする時、其妹の十一貫目の婆さんは、瞬《また》きもせず余が黄色な面を打守りて如何なる変化が余の眉目《びもく》の間に現る、かを検査する役目を務める、御役目御苦労の至りだ、此二婆さんの呵責《かしゃく》に逢てより以来、余が猜疑心は益《ますます》深くなり、余が継子根性は日に〳〵増長し、遂には明け放しの門戸を閉鎖して我黄色な顔を愈《いよいよ》黄色にするの已《やむ》を得ざるに至れり、彼《かの》二婆さんは余が黄色の深浅を測って彼等一日のプログラムを定める、余は実に彼等にとって黄色な活動晴雨計であった、（後略）

このように見てくると、巡査が老姉妹から頼まれて「作り笑」「依托笑」をしたということは事実ではなく、「余」の「神経衰弱」を原因とする被害妄想ではないかという疑いも出てくる。「余」がその巡査のそばで転倒することを、どうして老姉妹が予測することができたのかが、よくわからないからである。

「自転車日記」を執筆している帰国後の現在、作者は下宿の老姉妹やこの巡査をどのように見ているのだろうか。「余」は、老姉妹の「可責《かしゃく》」を今なお信じているかのようだが、一方では、自らの「猜疑心」や「継子根性」に気づいてもいる。作り笑いをする巡査の場面は、現在の作者が当時の自分の「猜疑心」などを自覚し滑稽化して語ることによって、「神経衰弱」を克服しようとしているのであろう。ともあれ、三度目に現れる巡査が多少奇妙に見えるのは当時の「余」の思い込みによるもので、一度目、二度目の巡査と同様に、温厚で「役人面」をしない人物と見てよいのではないだろうか。

一九一〇（明治四三）年四月から八月にかけて日英博覧会の取材特派員として渡英した大阪

朝日新聞社員の長谷川如是閑は、ロンドンの巡査について、次のように書いている。

巡査の叮嚀《ていねい》な事は、英人の無愛想の例外で、殊に言葉の鄭重《ていちょう》なのには痛み入る。何か咎める時でもプリーズとかサーとか敬語を挿まぬ事はない。（中略）道を聴いても、ポイントの先生（定位置に立っている巡査─引用者）は、其処が動けぬので、立ったまま教へるが巡行《ビート》の巡査に聴くと、近所ならば其処まで一伴《いっしょ》に連れて行って呉れるのが多い。（中略）其の代り、時には銅貨の二つ三つも掌《てのひら》に握らせる事も必要だ。（「往来から見た倫敦」『倫敦』一九一二年）

ここには、巡査の親切さや言葉遣いの丁寧さについて、漱石と共通する観察が示されていて興味深い。もっとも如是閑は、巡査に同行してもらったときにはチップが必要だとも指摘している。ちなみに、「自転車日記」には「大巡査」が出てくるが、如是閑は、「巡査は身長五呎《フィート》九吋《インチ》（約一七五・二六センチメートル─引用者）以上となって居るので、英古利《イギリス》の群衆中に立っても、頭角を現して居る」（前掲書）と記している。ロンドンの巡査は大男であることを採用の条件にしていたのである。

イギリスの近代警察は、一八二八年の首都警察（スコットランド・ヤード）の創設からはじまる。次いで、一八三九年にはロンドンシティ警察が発足した。首都警察の警視総監は内務大臣によって任命されたが、シティ警察の場合は、市議会によって任命され、中央政府の統制を受けることなく、独自の警察権を行使した。それまでのイギリスの治安維持は、主として教区ごとに運営される夜警警察と治安判事の手にゆだねられてきたが、都市化による人口の増大や犯罪の増加などに対応することがむずかしくなってきたのである。

イギリスの近代警察は、その導入当時、すでに樹立されていたヨーロッパ大陸諸国（特にフランス）の中央集権的国家警察のイメージから、「イギリス的自由」を侵害するものとして、不信感を持つ国民が多く、強い反対運動が起こった。イギリス警察の特徴といわれる「非武装性・非政治性・非集権性」は、このような運動の中から生まれた。とりわけイギリス警察に肯定的なイメージを与えたのは、街頭を巡行《ビート》しパトロールする護身用の棍棒しか持たない青い制服姿の警察官であった。彼らは公正で厳格な法の執行者であるとともに、親切で頼もしい「友人」として市民から親しまれた（林田敏子「イギリス警察と『近代』」林田敏子・大日方純夫編著『警察』二〇一二年ほか）。

「自由を愛する」（「文展と芸術」）漱石が、サーベルを下げ国家権力をたのんでむやみに威張る日本の巡査と比較して、丸腰で親切な当時のロンドンの巡査の方を高く評価したのは当然のことであった。

II　漱石と日露戦中・戦後

『吾輩は猫である』と警視庁の探偵

漱石は、ロンドンの巡査に対しては、おおむね好意的であったが、日本の巡査に対しては、多くの場合批判的に見ていた。例えば、一九〇四、五（明治三七、八）年頃の「断片」の中には、次のようなものがある。

○水戸ノ家ノ子（徳川国順《くにゆき》――引用者注）ガ大学生デ（ボートレース）ヲヤルト家中ノモノガ一同旗ヲフル、抱《カカ》ヘノ車夫ガ列ヲ組ンデ声援スル、巡査ガ捉《ツカ》マヘル、車夫曰ク徳川様ダ。巡査忽《タチマ》チ之ヲ放免ス

漱石は、相手の貧富や社会的地位などによって、巡査がすぐに態度や処遇を変えるという新聞記事を見て、苦々しい思いで、そのあらましを書き留めたのだと思われる。

一九〇五（明治三八）年一月から翌年八月まで『ホトトギス』に断続的に連載された『吾輩

は猫である』の中にも、何度か巡査が登場する。以下、この作品に描かれている警視庁の巡査（探偵）について紹介し、若干の考察を加えておきたい。

第五章には、ある夜、主人の家に泥棒が忍びこむという事件が描かれている。翌日、知らせを受けた巡査が捜査のためにやってきて、主人夫婦に「盗難に罹《かか》ったのは何時頃ですか」と尋ねる。「吾輩」は、「時間が分る位なら何も盗まれる必要はないのである」と、巡査の質問の「無理な事」に気づいているが、主人夫婦は、そのことには考えが及ばず、真剣に話し合っている。

「すると盗賊の這入《はい》ったのは、何時頃になるかな」

「なんでも夜なかでせう」

「夜中《なか》は分りきって居るが、何時頃かと云ふんだ」

「造《たし》かな所はよく考へて見ないと分かりませんわ」と細君はまだ考へる積りで居る。巡査は只形式的に聞いたのであるから、いつ這入《はい》った所が一向痛痒《つうよう》を感じないのである。嘘でも何でも、い丶加減な事を答へてくれ丶ば宜《い》いと思って居るのに主人夫婦が要領を得ない問答をして居るものだから少々焦《じ》れっ度《たく》なったと見えて、

「それぢゃ盗難の時刻は不明なんですな」と云ふと、主人は例の如き調子で

「まあ、さうですな」と答える。

また、巡査は、家の中の盗難現場も見ないで、「いや這入《はい》って見たって仕方がない。盗られたあとなんだから」と「平気な事」を言い、告訴状を作って提出するよう夫婦に命じて帰っていく。この巡査は、どうも捜査が形式的で熱意に乏しいようである。

第八章には、主人の苦沙弥《くしゃみ》が怒りのあまり「逆上」したことに関して、「吾輩」が、「丁度交番焼打の当時巡査が悉《ことごと》く警察署へ集って、町内には一人もいなくなった様なものだ。あれも医学上から診断すると警察の逆上と言ふものである」と解説するところがある。

一九〇五（明治三八）年九月五日、ポーツマス講和条約が調印され、一年半ほど続いた日露戦争が終結した。日本の戦力が尽きかけていた実態を知らされていなかった国民は、賠償金が得られなかったことなどに不満をつのらせた。講和問題同志連合会は、午後一時から日比谷公園で、警視庁の解散命令を押しきって、国民大会を開催し、「屈辱条約」の撤廃などを決議した。閉会後、民衆は二重橋前へと向かい、動員された警官隊と衝突した。一方、午後二時から演説会などを開くことになっていた京橋区の新富座には、聴衆が詰めかけて人が溢れ、京橋署長が解散を命じたために、ここでも民衆と警官が激しく揉《も》み合った。群衆はさらに、政府の御用新聞と見られていた国民新聞社や内務大臣邸を襲い、各所で交番などを焼きはらった。警察の力では押さえ切れないとみた政府は、午後七時に軍隊を出動させ、九月七日朝には戒厳令を施行して、ようやく民衆の騒擾を鎮圧した。九月五日と六日の二日間で、東京（府下を含む）の三六四の交番が焼打や破壊にあった。巡査たちは交番から難をのがれて警察署や分署に集まったが、二つの警察署と九つの分署も焼打ちされた。「吾輩」の言葉からは、「日比谷焼打事件」のときの政府や警察のうろたえぶりに対する作者の皮肉な観察がうかがえる。

第九章では、先に泥棒の捜査に来た巡査（名刺には「警視庁刑事巡査吉田虎蔵」とある）が逮捕した泥棒を連れてやってくる。玄関に出て行った苦沙弥は、「泥棒の方が虎蔵君より男振りがいゝので」早合点をして、泥棒の方を向いて丁寧にお辞儀をする。それを見ていた「吾輩」は、

この主人は当世の人間に似合はず、無闇に役人や警察を難有《ありがた》がる癖がある。御上《おかみ》の御威光となると非常に恐しいものと心得て居る。尤も理論上から云ふと、巡査なぞは自分たちが金を出して番人に雇って置くのだ位の事は心得て居るのだが、実際に臨むといやにへえ〳〵する。主人のおやぢはその昔《むかし》場末の名主であったから、上の者にぴょこ〳〵頭を下げて暮した習慣が因果となって斯様《かよう》に子に酬《おく》ったのかも知れない。まことに気の毒な至りである。

と主人の苦沙弥を諷している。

もとより苦沙弥は漱石の分身ではあっても漱石自身ではない。彼は決して「御上《おかみ》の御威光となると非常に恐しいものと心得て居る」だけの人間ではなかった。しかし、一方で漱石は、自

分自身の心の底にも、巨大な警察権力に対する漠然とした恐怖の感情が潜んでいることを自覚していたのであろう。この一節は、そういう卑屈な心情を自嘲したものだと思われる。

だが、この一節には、当時の警察や巡査のあり方に対する漱石の批判も表れている。「巡査なぞは自分たちが金を出して番人に雇って置くのだ位の事は心得て居る」という苦沙弥の「理論」は、漱石の理論でもあった。彼がロンドンで見た巡査は、自治体警察制度の下で、時にはチップを必要とすることもあったとは言え、基本的には、納税者である市民全体の奉仕者であるという意識をもって働いていた。それに対して日本の巡査は、川路利良《としよし》らがフランス（のちにはプロシヤ）などを参考にして創始した中央集権的国家警察制度の下で、藩閥官僚政府の〝耳目〟として人民を監視し、時には〝爪牙〟として弾圧することを重要な任務として働いてきた。日本の巡査に向ける漱石のきびしいまなざしは、そこから生まれたのだと思われる。

また、この場面で、苦沙弥の友人迷亭は、吉田虎蔵巡査を「探偵」と呼び、「いけすかない商売」だと評している。当時、警視庁や府下の各警察署には、警視・警部・巡査などの正規の警察官が所属し、また、彼らとは別に、探索活動に専門的に従事する特務巡査（探偵）が雇われていた。しかし、一般民衆は、これらの階級や職務等を区別せずに「探偵」と総称することもよくあった。彼らはその言葉に、国家権力の末端に位置する警察官に対する反発と嫌悪の情をこめていたのだが、漱石も、いろいろな作品で警察官を「探偵」と呼んでいる。

なお、苦沙弥が泥棒の方にお辞儀をしてしまうというところには、巡査と泥棒とでは、どちらがより尊敬すべき人間であるかはわからないという作者のアイロニーがこめられているのだと思われる。

第十章は、苦沙弥が細君から、「あなた、もう七時ですよ」とたたき起こされるところからはじまる。その日は、吉田虎蔵巡査の指示に従って、盗難品を返してもらうために、浅草警察署管内の日本堤分署へ出頭すべき日だからである。ようやくふとんから這《は》いだした彼は、戸棚の袋戸の破れからはみだした古新聞の伊藤博文の記事にふと目をとめて読みたくなる。ところが、途中までしか見えず、あとを読もうとすれば、袋戸の表装を引きはがすしかないので困っている。

その様子を眺めていた「吾輩」は、警察の乱暴な家宅捜査を連想したらしく、次のように述懐する。

もし主人が警視庁の探偵であったら、人のものでも構はずに引っぺがすかも知れない。探偵と云ふものには高等な教育を受けたものがないから事実を挙げる為には何でもする。あれは始末に行かないものだ。（中略）聞く所によると彼等は羅織虚構《らしききょこう》を以て良民を罪に陥れる事さへあるさうだ。良民が金を出して雇って置く者が雇主を罪にする抔《など》ときては是亦立派な気狂である。

「羅織《らしき》」とは、罪のないものをいろいろ構えて罪に陥れること、「虚構《きょこう》」とは、事実にないことをでっちあげること（『漱石全集』第一巻「注解」一九九三年）。漱石は、ここで、良民の血税によって雇われている警視庁の探偵が、不当な捜査や非人道的な取り調べなどによって犯罪をでっちあげ、良民を無実の罪に陥れることがあるという異常な実態を非難している。

「吾輩」の饒舌《じょうぜつ》はまだまだ続くが、次のような一節もある。

役人は人民の召使である。用事を弁じさせる為めに、ある権限を委託した代理人の様なものだ。所が委任された権力を笠に着て毎日事務を処理して居ると、是は自分が所有している権力で、人民抔《など》は之に就て何等の喙《くちばし》を容るゝ理由がないものだと抔と狂ってくる。

「吾輩」の思索は、「警視庁の探偵」からはじまって、「役人」全体にも及んだ。大日本帝国憲法（一八八九年発布）の下では、役人＝官吏は、天皇の大権に基づいて任命され、天皇及び天皇の政府に奉仕することが義務づけられていた（「官吏服務紀律」第一条一八八八年）。そこから彼らの「天皇の官吏」としての特権意識や「官尊民卑」の心情や「威張る」という態度などが生じた。それに対して、「吾輩」は、権力とは本来人民が持っているものだと考えている。ところが、役人は、これはもともと自分たちが所有している権力だと勘違いして、人民などは役人の仕事に何らの口出しをする権利がないものだなどと「狂ってくる」という。「吾輩」は、いわば、人民主権の立場から、当時の役人（＝官吏）の意識を批判している。ここには、公務員を「全体の奉仕者」と位置づけた日本国憲法（一九四七年施行）に通じる考えがあり、断片的ではあるが、漱石の政治思想の進歩性を示している。

朝食をすませた苦沙弥が日本堤分署へ出かけた後、彼の姪で女学生の雪江さんがやってくる。彼女は、学校で聞いた苦沙弥の友人八木独仙の講演を細君に紹介するが、その中にも「巡査」が出てくる。道の真中に居る石地蔵が往来の邪魔になるので、町の人々が隅の方へ片付けようとして、いろいろな人が地蔵様に説得を試みるという寓話である。ある男は巡査に変装して、「こら〳〵動かんと其方《そのほう》の為にならんぞ、警察で棄てて置かんぞ」と「威張って見せた」が、地蔵様は動かなかったという。ここにも、警察が権力をたのんで人民を従わせようとする態度に対する漱石の反発がのぞいている。

その後帰宅した苦沙弥は、午前九時に出頭しろと命じながら一一時まで待たされたことに対して、「是だから日本の警察はいかん」と市民への対応の悪さに腹を立てている。

当時、日比谷焼打事件に対する警察の強圧的な措置を非難する世論が高まっていた。府下の多くの新聞は、事件直後から連日警察を批判する記事を載せた。民衆は警察を嫌った。「近来家主若《もし》くは差配《さはい》の家屋明渡しを巡査に迫り、若《もし》くは無邪気なる小児の巡査の子女を排斥するもの、往々之《こ》れありと聞く」（『報知新聞』）という報道も出ている。

九月中旬以降、新聞記者、弁護士、府・市会議員などの間から警視庁廃止運動が起こった。廃止論の根底には、警視庁は政治警察にかたよっており、市民警察の任務をおろそかにしているという不満があった。彼らは、その原因として、警視庁が東京府から独立して、警視総監が内閣と直結し、「高等警察」（政治警察）については総理大臣の指揮を受けるという制度上の問題があると見た。廃止論者は警察を東京府知事の指揮のもとにおいて、ロンドンシティ警察のように、人民保護重視の警察に転換することを意図したのである。

一九〇六（明治三九）年二月七日、帝国議会において、東京市会から提出された廃止の請願書を検討する委員会が開かれた。西園寺公望内閣の内務大臣原敬《たかし》は、警視庁の改革には同意したものの、廃止に対しては「絶対的不同意」を表明して拒否した。これを機にして、廃止運動も衰退していった（大日方純夫『警察の社会史』一九九三年ほか）。

『猫』には、当時の民衆の反警察感情や警視庁廃止運動などの時代状況が反映している。漱石の「探偵ぎらい」の原因を、彼の「神経衰弱」にのみ求めることは誤りであろう。

『吾輩は猫である』と実業家の探偵

『吾輩は猫である』の中には、警視庁に雇われた巡査（探偵）ばかりでなく、実業家に雇われた探偵も登場する。以下、『猫』における金田一味と苦沙弥一党の対決について、金田が使った「探偵」の役割に留意しながら紹介し、寸評を加えておきたい。

「吾輩」の飼主珍野苦沙弥《ちんのくしゃみ》の家と同じ町内に、実業家金田一家の大きな角屋敷がある。金田夫妻は、娘富子の結婚相手の候補の一人として、苦沙弥の教え子の理学士、水島寒月を考えた。

第三章では、金田夫人が寒月の人となりや将来性などを聞き合わせるために、苦沙弥の家を訪れる。ところが、彼女は、その大きな鼻のように尊大で、寒月が博士になったら娘をやってもよいなどというので、実業家嫌いの苦沙弥と友人の迷亭が腹を立て、両者の面談は険悪な空気の中で進行する。粗末に扱われて自尊心を傷つけられた夫人は、帰宅して夫に訴え、以後、「金さへ取れれば何でもする」金田一味と「金に頭を下げない」苦沙弥一党との対決がはじまる。

金田邸へ忍び込んだ「吾輩」の報告によれば、金田が苦沙弥たちの内情を探るために買収した「探偵」は、出入りの車屋の神さん、お抱えの車夫、御飯焚《ごはんた》き、書生、新道の二弦琴の師匠、〇〇博士夫人など数多い。車屋の神さんらは、珍野家の垣根の外から盗み聞きして情報を収集するとともに、時々「高慢ちきな唐変木《とうへんぼく》だ」などと大声でののしって、苦沙弥を萎縮させようとする。苦沙弥も負けてはいない。ステッキを握って飛び出していくが、その時にはすでに、往来には人影もない。また、金田は、苦沙弥が勤める中学校の教師で同郷の津木ピン助や福地キシャゴに頼んで、苦沙弥の「生意気」をこらしめるために、職場でいやがらせをさせる。

第四章では、金田が腹心の部下鈴木藤十郎を呼んで事情を説明し、苦沙弥の様子を探るとともに、場合によっては懐柔を図ることを依頼する。鈴木は、苦沙弥や迷亭とは大学時代の自炊仲間であったが、金田の頼みを引き受けて、探偵の一人となった。彼は「利口な人」で、「入《い》らざる抵抗は避《さ》けられる丈《だけ》避ける」という処世術を身につけていた。

「吾輩」の家へやってきた鈴木は、できるだけ苦沙弥に調子を合わせて話をすすめ、「当人同士が好いた仲なら中へ立って纏《まと》めるのも決して悪いことではない」などと言うので、「正直で単純な」苦沙弥は、少し心を動かした。ところが、そこへ迷亭が遊びに来て座につき、金田を「紙幣に眼鼻をつけた丈《だけ》の人間」と呼ぶなど激しい批判をくりひろげて寒月の結婚に反対するので、鈴木もそれ以上縁談についてては話せなくなってしまう。三人は大学時代のなつかしい思い出を語り合って、「無邪気で愉快」なひとときを過ごして別れた。

金田のいやがらせはその後もつづく。**第八章**では、苦沙弥と私立中学校落雲館の生徒との間で「戦争」が起こる。珍野家の裏手に空《あ》き地があり、その向こうが落雲館である。生徒達が勝手にそこへ侵入してきて遊ぶので、苦沙弥は学校側に申し入れて、学校と空き地の間に垣根を作らせる。そのうち生徒たちは、野球のボールを「ダムダム弾」にして、わざと空き地へ打ちこんでは垣根を越えて取りに来る。「逆上」した苦沙弥は、生徒数名を「戦争の人質」にして「倫理の先生」と談判し、今後は表門から回って断った上で拾いに来ることを約束させる。

その翌日、散歩に出た「吾輩」は、金田と鈴木の立ち話によって、この「戦争」は苦沙弥の「剛慢《ごうまん》」をこらしめるために、金田が「金の威光」で生徒たちにやらせたものであることを知る。鈴木は、再び探偵役を買って出た。来訪した鈴木は、苦沙弥の顔色が悪いことを心配してみせる。訪問の間にも生徒たちが相変わらずボールを打ちこんではその度に表門から回って断りを述べて拾っていくので、うるさいことこの上ない。苦沙弥は癇癪を起こしつづけて疲れ果てている。鈴木は「金のあるものに、たてを突いちゃ損だ」ということを苦沙弥に教えて、金田に報告するために帰って行く。その後、苦沙弥は強い「神経衰弱」に悩まされる。

『猫』最終章の**第十一章**では、帰郷した寒月が同郷の娘と結婚する。その報告を聞いて「金田の方へは断はったかい」と気にする苦沙弥に、寒月は「いゝえ、断はる訳がありません。私の方でくれとも、貰ひたいとも、先方へ申し込んだ事はありませんから、黙って居れば沢山です。なあに、黙ってても沢山ですよ。今時分は探偵が十人も二十人もかゝって、一部始終残らず先方へは知れていますよ」と毅然として答える。

苦沙弥は、「探偵と云ふ奴はスリ、泥棒、強盗の一族で到底人の風上に置けるものではない。そんな奴の云ふ事を聞くと癖になる。決して負けるな」と教え子を激励する。また、「探偵を使ふ金田君の如きもの」を、謡曲「烏帽子折《えぼしおり》」に出てくる盗賊で牛若丸に討ちとられた熊坂《くまさか》長範《ちょうはん》に見立てて批判する。

このように、金田は、苦沙弥らの実業家批判に自尊心を傷つけられたことに対する復讐のために、「探偵」を使って苦沙弥らの内情を探らせた。探偵たちは、聞きこみ・盗聴・潜入調査などの方法を用いて情報を収集し、金田はそれらを利用して策謀をめぐらし、さまざまないやがらせによって相手を窮地に追いこもうとした。苦沙弥は、悪戦苦闘を強いられるが、最後まで金力・権力の横暴に対する抵抗精神を失わない。

漱石は、当時はまだ人権として明確には意識されていなかったプライバシーの侵害やハラスメントをめぐる金田と苦沙弥の攻防を通して、資本主義社会における強欲で陰険な実業家と批判的知識人との対立の戯画を描いたのである。

漱石は、「警視庁の探偵」と「実業家の探偵」とを全く別物と考えているわけではない。前述のような苦沙弥の探偵批判を聞いた迷亭が、「君なぞは先達《せんだっ》ては刑事巡査を神の如く敬ひ《うやま》（第九章）、又今日は探偵をスリ泥棒に比し、丸《まる》で矛盾の変怪《へんげ》だ」とからかっていることでもわかるように、両者を同類と見ている。「警視庁の探偵」は国家権力を笠に着て、「実業家の探偵」は社会的権力（金力）に物を言わせて、どちらも「良民」を苦しめている。ただ、惜しいことに、両者の癒着《ゆちゃく》関係はほとんど描かれていないが、作者は、両者の捜査方法や人権侵害の実態が共通していることを暗示している。

ところで、「吾輩」も「探偵」なのだろうか。「吾輩」は何度も金田邸に忍び込んだりして、彼ら一味の動静を探り、読者にくわしく報告しているが、自分は「探偵」ではないと断固として主張している。「吾輩」は、権力ある者の手先となって人民を監視するような「探偵」ではなく、権力者をひそかに監視して、その実態を「権力の目を掠《かす》めて」（第四章）読者に知らせようとしているのだ。「趣味の遺伝」（一九〇六年）の語り手の「余」は日露戦争で戦死した親友浩さんが一目惚《ぼ》れした女性の調査をはじめるにあたって、これは「探偵」ではなく「探究」なのだと弁明しているが、「吾輩」も探偵ではなく真実の探究者だったのである。

『吾輩は猫である』の世界

――型破りな発想　落語から――

漱石は、落語や講釈を好み、子供の頃からよく寄席に通った。家庭の幸福に恵まれず、孤独と不安に悩まざるを得なかった少年にとって、寄席は、心休まる楽しいひとときをもたらしてくれる別天地であった。一八八九(明治二二)年一月ごろから、漱石は正岡子規と親交を結んだが、その原因の一つは、二人が落語という共通の趣味を持っていたからであった。

漱石の最初の長編小説『吾輩は猫である』(『ホトトギス』一九〇五・一～〇六・八)にも、落語の影が濃い。この作品は、子規の没後、高浜虚子が主宰していた「山会」へ出す「写生文」として書かれたものであった。

飼い猫が人間を観察し批評するというこの作の型破りな構想の由来については、『ガリバー旅行記』をはじめ、諸説があるが、落語からの発想を忘れてはいけない。落語には、犬や猫や狸《たぬき》などが、あたかも人間のような思想・感情をもって活躍する噺《はなし》が数多くある。また、「山会」という名前は、写生文を主唱した子規が、文章には落語で聴衆がドッと笑うような山がなくてはいけないと主張してつけたものだった。『ホトトギス』掲載の写生文には、滑稽味の漂うものも多かった。この作を書くにあたって、漱石が落語を意識していたことは疑いない。

第一章には、水彩画をはじめた主人の苦沙弥が吾輩を写生しようとして失敗する滑稽な挿話がある。これは、「寝床」「たいこ腹」など、主人や若旦那が「下手の横好き」の趣味に凝りすぎて、周囲の人々を悩ませる噺からヒントを得たものであろう。また、苦沙弥の友人迷亭は、アンドレア・デル・サルトの言葉だと称して写生の大切さを説いて主人を感服させるが、これはでたらめであった。迷亭の言動には、「やかん」「千早振る」など、横町のご隠居の知ったかぶりの半可通を笑う噺の投影がある。作者はここに、近代日本の知識人の無批判な西洋崇拝や、西洋半可通に対する風刺をこめたのである。第二章以降にも、落語に素材を求めたユーモラスな挿話が少なくない。

第三章から、理学士寒月と金田家の令嬢との縁談をめぐって、苦沙弥・迷亭らの「太平の逸民」と実業家金田夫妻らの「俗骨」たちとの対決が始まる。作者の分身である苦沙弥は、金にもの言わせる金田の策謀に悪戦苦闘を強いられ、一時は「神経衰弱」にまで追いつめられるが、最後まで、金力・権力の横暴に対する抵抗精神を持ち続ける。

芥川龍之介は久保田万太郎に向かって、「夏目さんは、私の知っている限りの誰よりも江戸っ子でした」と語ったことがある。江戸落語や明治の東京落語は、江戸っ子が創造し継承した芸能であり、金銭よりも人命や人情を尊び、権勢を笠に着る者やそれにこびへつらう者を揶揄《やゆ》する。漱石の江戸っ子的抵抗精神の形成を促したものの一つとして、落語を挙げることは誤りではあるまい。

『吾輩は猫である』に与えた落語の影響は、構想やユーモラスな挿話、江戸っ子的抵抗精神ばかりではない。独特のリズミカルな文体や、絶妙な会話の呼吸、金田夫人の鼻の描写などにみる奇抜な比喩や形容にも及び、作品の魅力を深めている。

近代日本の文学や文化が西洋の模倣に流れがちであることを憂慮していた漱石は、創作にあたっても、西洋の文学・文化から学ぶとともに、日本や東洋の古典的な文学・文化の中からも、価値あるものを摂取して、普遍性と独自性とを合わせもった日本文学を創造したいと考えていた。江戸庶民芸能として生まれ育った落語の活用は、その試みの一つであった。

漱石の厭戦小説
――『猫』「幻影の盾」「趣味の遺伝」――

はじめに

『吾輩は猫である』（『ホトトギス』一九〇五・一〜〇六・八）以降の漱石の作品の中には、厭戦的な思想や感情が見え隠れしながら底流している。漱石は一九一六（大正五）年に没した作家であり、その戦争観も現在から見れば、時代的制約を免れないところや認識のゆらぎがないわけではない。しかし、同時に私たちが今なお学ぶに足る先見性や積極性をたくさんもった作家である。改憲をめざしている歴史修正主義者たちの間では、「大東亜戦争肯定論」とともに「日露戦争美化論」が盛んである。今、漱石の厭戦的作品をふり返って見るのも、無駄ではないと思われる。

一　『吾輩は猫である』

『猫』第四章の中で、「吾輩」は、「理は此方にあるが権力は向ふにあると云ふ場合に、理を曲げて一も二もなく屈従するか、又は権力の目を掠《かす》めて我理《わがり》を貫くかと云へば、吾輩は無論後者を択《えら》ぶのである」と語っている。これは、検閲がきびしかった当時、漱石が選んだ創作の方法でもあった。

たとえば、『猫』第五章では、「吾輩」が鼠を取ろうと悪戦苦闘して取りそこなう話を、日本海海戦のパロディーとして滑稽に描いている。漱石は、海戦の勝利に浮かれている国民の愛国的熱狂や東郷大将の過度の英雄化を、〝笑い〟によって冷却したいと願ったのであろう。

また、『猫』第六章には、飼主の苦沙弥先生が「大和魂」という自作の文章を来客たちの前で読み上げる場面がある。内容は、もし大和魂が日本人なら誰でも持っている精神ならば、「東郷大将」も「詐欺師《さぎし》、山師《やまし》、人殺し」といった犯罪者も共通して持っていることになる。そんなわけのわからないものは、「天狗の類」のような架空の怪物ではないかというものである。そこでは、日本人の優秀性を誇示することばとして当時のマスメディアの流行語であった「大和魂」を皮肉っている。

『猫』第一〇章には、苦沙弥先生の三人の娘、とん子・すん子・坊ばが、そろって招魂社（靖国神社）へお嫁に行きたいと言い出す場面がある。おそらくとん子やすん子は、通っている幼稚園の先生から、「あそこには偉い人がまつられている」というお話を聞いたのだろう。だから、彼女たちは、〝死者の花嫁〟になろうとしたのである。一見たわいない子供の会話のようだが、日本政府が戦死者を美化し神としてほめたたえることによって、兵士の死の恐怖や戦死者の恨みや遺族の悲しみなどをやわらげ、戦争を推進しようとして利用した靖国神社の役割を鋭くとらえている。

また、苦沙弥先生は、旅順陥落祝賀会（第二章）や凱旋祝賀会（第九章）などの祝賀会には、きわめて冷淡である。犠牲者を忘れて勝利の美酒に酔い、国家との一体感に喜びを感じる気にはなれなかったのだと思われる。

このように、漱石は、諧謔《かいぎゃく》の手法を用いて「権力の目を掠《かす》め」、厭戦的な思いをこめて、随所で日露戦争や政府・マスメディアがあおる帝国主義的ナショナリズムを諷刺している。

二 「幻影の盾」

日露戦争中に書かれた「幻影《まぼろし》の盾」（『ホトトギス』一九〇五・四）は、中世のアーサー王時代を舞台にして、白城の城主狼のルーファスにつかえる騎士ウィリアムと夜鴉城の姫クララとの悲恋を描いた物語である。

二つの城の間で戦争が起こるが、確執が生じたきっかけとして噂されているものは、どれもつまらない名利の争いで、宴会の最中に、夜鴉の城主が口論の末、白城の城主に向かって盃を投げつけ、その胸を赤い酒で汚して侮辱したことから、戦争への危機が深まる。語り手は、戦争の原因について、

> 君の為め国の為めなる美しき名を籍《か》りて毫釐《ごうり》の争に千里の恨《うらみ》を報ぜんとする心からである。正義と云ひ人道と云ふは朝嵐《あさあらし》に翻《ひる》がへす旗にのみ染め出すべき文字で、繰り出す槍の穂先には瞋恚《しんい》の焔《ほむら》が焼け付いて居る。狼は如何にして鴉と戦ふべき口実を得たか知らぬ。鴉は何を叫んで狼を誣《し》ゆる積《つも》りか分らぬ。

と批評している。

漱石は、明らかに日露戦争を意識している。日本は日清戦争でいったん清国から奪った遼東半島を、ロシアなどの三国干渉によって還付せざるを得なかった。この侮辱に対して、政府やマスメディアは、「臥薪嘗胆《がしんしょうたん》」というスローガンによって、国民の怒りや恨みをあおった。日

露戦争は「君の為め国の為め」「正義」「人道」などの美しい名目や主張のもとに行われているが、その実体は名利の争いであり報復のための「口実」に過ぎない、というのが漱石の批判だったのであろう。

語り手は、二つの城の間の戦争を「狼」と「鴉」の戦いと呼んで、鳥獣間の醜い争いに見立てているが、これも漱石の日露戦争観であった。漱石は、同年三月一一日に明治大学で行った講演（「倫敦《ロンドン》のアミューズメント」）の中でも、「鶏の蹴合」というロンドンの娯楽を紹介して、「鶏の蹴合より日本と露西亜の蹴合ってる方が余程面白いです」などと語り、日露戦争を「鶏」と「鶏」の蹴合いに見立てている。

後年、一九一四（大正三）年一一月二五日に学習院で行った講演（「私の個人主義」）の中では、「国家と国家の関係について、「元来国と国とは辞令はいくら八釜《やかま》しくっても、徳義心はそんなにありゃしません。詐欺《さぎ》をやる、誤魔化《ごまか》しをやる、ペテンに掛ける、滅茶苦茶なものでありますす」などと述べている。ここで彼がいう「国」とは欧米列強だけを指しているのではなく、日本も指していることはいうまでもない。漱石は、日清・日露戦争やそれ以後の対外戦略をかえりみて、日本国家の行動をこのようにとらえていたのである。

漱石にとって、日露戦争は、日本とロシアが満州（中国東北部）・韓国の権益を争った戦争であり、日本をロシアの侵略から守ろうとした祖国防衛のための戦争ではなかった。

さて、ウィリアムは、恋人のクララを助けて南の国に逃れたいと願っていたが、夜鴉城の落城とともにクララは焼け死んでしまう。けれども、ウィリアムは先祖伝来の盾の魔力によって、一心不乱に盾を見つめているうちに、盾の中の世界に入り、ついに南国イタリアの海辺でクララと再会することができた。しかし、それは、盾の中の世界のほんの短い間の出来事であった。

このような物語の神秘的な結末は、どのような心情から生まれたのだろうか。漱石は、戦争のもたらす大きな悲劇の一つは、愛し合っている男女が死に別れてしまうことだと考えていた。だから、彼は、日本人であれロシア人であれ、日露戦争によって死別した相愛する男女の悲しみと苦しみを想い、せめて恋の成就の「幻影《まぼろし》」を与え、「百年」の歳月を「半時」に凝縮したような濃密な愛を体験させてやりたいと思ったのにちがいない。

「幻影の盾」は、漱石が中世の物語の枠組を用いて「権力の目を掠《かす》め」（『猫』第四章）、日露戦争を批判した厭戦小説だといえるだろう。

三 「趣味の遺伝」

日露戦争後に書かれた「趣味の遺伝」（『帝国文学』一九〇六・一）も、漱石の厭戦小説の一つである。この小説は、これまでしばしば「戦争」と「運命的な愛」（あるいは「愛の感応」）という二つの方向に主題が分裂していると批評されてきた。しかし、私の見るところでは、主題の分裂はない。

この作品は、語り手の「余」の次のような「空想」からはじまる。

陽気の所為《せい》で神も気違になる。「人を屠《ほふ》りて飢えたる犬を救へ」と雲の裡《うち》より叫ぶ声が、逆《さか》しまに日本海を撼《うご》かして満州の果迄響き渡った時、日人《にちじん》と露人《ろじん》ははっと応へて百里に余る一大屠場を朔北《さくほく》の野に開いた。

以下には、野犬の群れが日本兵やロシア兵に襲いかかり、血をすすり、肉を食いちぎり、骨をしゃぶる「一大屠場」の様子が生々しく描き出されている。

この「神」を「運命」ととらえる解釈もあるが、西垣勤は、「漱石は、日露戦争を、ロシア皇帝と日本天皇の『狂った神』同士の戦争と見、その命令で、両国の兵が、犬のように殺し合うとしている」（「夏目漱石の個人主義」『礫』一九九六・五）という見解を示している。私も、この見解に賛同する。漱石は、この戦争が人間の力を越えた運命によって始まったものではなく、政府内やマスメディアの間で、開戦か非戦かをめぐって長期間の論争がつづいたあと、御前会議での聖断を経て、一九〇四（明治三七）年二月一〇日に「詔勅」が官報で告示されたという経緯をよく知っていた。この場面で、「神」は「雲の裡《うち》」から叫んでいる。この「神」は禁裡に住む雲上人、現人神《あらひとがみ》明治天皇を指すものと思われる。（「雲の裡《うち》より叫ぶ声が、逆《さか》しまに日本海を撼《うご》かして満州の果迄響き渡った時」とあるように、漱石は、「ロシア皇帝」よりも「日本天皇」の方を、より強く意識していたように読み取れる。）

当時、漱石が書いた「断片」に、次のようなものがある。

天子の威光なりとも家庭に立ち入りて故なきに夫婦を離間するを許さず。故なきに親子の情合を殺《そ》ぐを許さず。

もし天子の威光なりとて之に盲従する夫あらば、是人格を棄てたるものなり。夫たり妻たり、子たるの資格なきものなり。桀紂《けつちゅう》と雖《いえど》も此暴虐を擅《ほしいまま》にする権威あるべからず。（「断片」一九〇五・六年）

その頃の漱石が、「天子」に対して、怒りにも似たはげしい感情を抱いていたことがうかがえる。日露戦争が終わって、漱石は改めて戦場の悲惨さや犠牲の大きさに思いをはせた。そして、「天子の威光」といえども、戦場への動員のために「夫婦を離間する」ことや「親子の情合を殺ぐ」ことは本来許されないことであり、「人格」ある者ならば、それに「盲従」せず抵抗すべきだと考えたのではないだろうか。

また、日露開戦の決断は、「狂った神」＝「天子」＝天皇の誤りであり、日露間の問題解決のためには、もっとねばり強い平和的手段による外交努力が必要だったのではないか、という疑問をもったのだと思われる。

漱石は、「余」の「空想」のイメージに託して、戦場の凄惨な光景を描いただけでなく、天皇の戦争責任の問題を暗示的に表現したのである。

新橋停車場へ着いた「余」は、凱旋した将軍や兵士を、歓迎する群集の中に入って見つめる。「余」は、労苦にやつれた将兵の姿を見て感動し敬意を抱く。漱石は、戦争の責任者とその命令によって従軍した将兵とを、明確に区別して評価している。

やがて「余」は、旅順要塞の攻撃に加わって戦死した親友の河上浩一（浩さん）を思い出す。「余」にとって浩さんは「偉大な男」であったが、戦場では、どんな偉人でも、「俵に詰められた大豆の一粒の如く無意味である」と思わざるを得ない。「余」が想像する浩さんの戦闘と死の場面は、映画的な遠景描写と近景描写の組み合わせによって見事に描かれている。

亡友の墓参りを思い立った「余」が駒込の寂光院へ行くと、若く美しい女性が先に来ていて手を合わせていた。浩さんと彼女は生前郵便局で一度出会っただけだったが、二人の間には愛が生まれていたのだった。

「男女相愛するといふ趣味」（一九〇六年二月一日付森田草平宛書簡）は遺伝するという仮説を証明したいと考えていた「学者」の「余」は、二人の「一目惚《ぼ》れ」の原因を先祖に求めて調査した。その結果、河上才三という江戸詰《づめ》の紀州藩士がその家中の小野田帯刀《たてわき》の娘と相愛の仲になったが、「御上」（藩主）の意向によって仲を裂かれ、娘は国家老の息子のところへ嫁いだという「憐れな話」があったことを突きとめた。その河上才三の孫が浩さんであり、帯刀の娘の子孫が寂光院の女であった。「余」は「趣味の遺伝」という理論が実証されたので、大変よろこんだ。

小説「趣味の遺伝」は、このことをきっかけにして息子を失って悲しみに暮れていたお母さんと小野田の令嬢が時々会うようになり、「丸で御嫁さんの様に」仲が良くなったという「余」の報告で結ばれている。生還者の歓迎に湧き立つ社会の片隅で、忘れられたようにひっそりと生きる戦死者の遺族や恋人に対する漱石の深い思いやりがにじんでいる。

「趣味の遺伝」などという「余」の理論を、漱石が信じていなかったことはいうまでもない。この理論では、先祖同士に全く関係のない男女の「一目惚《ぼ》れ」の原因が説明できないからである。それでは、なぜ彼は、このような奇妙な理論を持ち出したのだろうか。

当時、漱石が書いた「断片」に次のようなものがある。

○昔は御上の御威光なら何でも出来た世なり。

○今は御上の御威光でも出来ぬことは出来ぬ世の中なり。
○次は御上の御威光だから出来ぬと云ふ時代が来るべし。威光を笠に着て無理を押し通す程個人を侮辱したる事なければなり。（中略）是パーソナリチーの世なれば今日文明の大勢なればなり。（前掲「断片」）

「昔」は、御上の威光であれば、藩主が河上才三と小野田帯刀の娘との仲を引き裂いたように、何でもできた時代であった。「今」は、たとえ御上（天皇・政府）の威光であっても、相愛する男女の仲を恣意的に引き裂くことはできない時代になった。しかし、例外がある。いったん天皇が開戦の詔勅を下すと、青年は強制的に戦場へ駆り出され、戦死する者もたくさん出る。その中で、浩さんと小野田の令嬢のように、生まれた恋を育む間もなく死別させられる人たちも出て来る。浩さんとお母さんとの親子の愛、浩さんと「余」の友愛も失われてしまった。

漱石は、「昔」も「今」も、権力者によって相愛する人々の愛が引き裂かれる悲劇がつづいていると考えた。そして、将来においては、「個人」が尊重され、国家権力の命令によって徴兵や戦争が強制できない時代が来ることを、予想し願望したのだと思われる。

この作品は、「厭戦」という主題によって統一されている。天皇の狂った命令ではじまった戦争によって、多数の人間の命が失われ、人間にとって大切な個人の愛（恋愛・親子の愛・友愛等）が破壊されたことに対する批判である。後半の「趣味の遺伝」理論の探究は、権力者と個人の愛の関係の史的な考察のために導入されたものであり、やはり「権力の目を掠《かす》めて」（『猫』第四章）、「厭戦」の主題を補強するものであったといえるだろう。

以上、三つの厭戦的作品を紹介してきたが、漱石の作品の中には、他にも、「琴のそら音」（明治三八年）、「草枕」（明治三九年）、「夢十夜」第九夜（明治四一年）、『三四郎』（明治四一年）、『それから』（明治四二年）、『満韓ところ〴〵』（明治四二年）「点頭録」（大正五年）などに、戦争に対する批判的心情を託した場面や表現がある。

漱石と『破戒』
――評価と衝撃――

一　漱石の『破戒』評

漱石は、島崎藤村の『破戒』（一九〇六・三・二八刊）を半分程読んだ四月一日付の森田草平宛書簡の中で、「第一に気に入ったのは文章であります。普通の小説家の様に人工的な余計な細工がない。そして真面目にすら〳〵すた〳〵書いてある所が頗《すこぶ》るよろしい。（中略）気に入ったのは事柄が真面目で人生と云ふものに触れて居ていたづらな脂粉の気がない。単に通人や遊蕩児や所謂《いわゆる》文士が書き下すものと大《おお》いに趣を異にして居るからです」と書いた。四月三日付の草平宛書簡では、「破戒読了。明治の小説として後世に伝ふべき名篇也。金色夜叉如きは二、三〇年の後は忘れられて然るべきものなり。（中略）明治の代に小説らしき小説が出たとすれば破戒ならんと思ふ」と述べている。日本近代文学の中で、漱石がこれほど手放しで絶賛した作品は他にない。

ここで漱石が「普通の小説家」「所謂文士」と呼んでいるのは、主として尾崎紅葉らの硯友社派の作家たちを指すものと思われる。彼らは江戸元禄文学の影響を受け、文章の美的洗練を重視し、市井や遊里における男女の恋慕や情痴などを題材とすることが多かった。

藤村は『破戒』において、部落出身の青年瀬川丑松の中に自己を投入して素性告白にいたる内的葛藤を切実に描き出すとともに、彼を取り巻く人権上の諸状況を有機的な関連のもとにとらえた（川端俊英『島崎藤村の人間観』二〇〇六年）。漱石は、硯友社文学とは異なる題材や内容の「真面目」さを高く評価したのである。

「人生に触れる」というのは、当時よく使われた文芸批評の用語だが、漱石はこの語を、「普通の小説家」とは少し異なり、「人生において真善美壮などの理想をもち、それらを文芸によって実現しようとすること」という意味に用いていた（「文芸の哲学的基礎」）。

漱石は大学時代に、「共和国に華士族新平民の区別なし」としてホイットマンの平等主義を称賛する評論を書いている（「文壇に於ける平等主義の代表者ウォルトホイットマン Walt Whitman の詩について」）。また、イギリス留学時代には、中根重一宛の書簡に「欧洲今日文明の失敗は明かに貧富の懸隔甚しきに基因致候」（一九〇二・三・一五付）と述べ、そのため有為の人材が毎年餓死・凍死したり無教育のままに終わったりしており、今日の世界に「カールマークスの所論」が出てくるのは当然だと記している。漱石は、欧州や日本における経済的不平等の拡大にも重大な問題を見ていた。彼は『破戒』の中に、人間の平等への希求という理想を見て感動したのである。

また、漱石は、藤村の信州時代の長年の「スタディ」によるこの作品のむだな装飾のない写実的な文章に、言文一致体の一つの達成を見て称讃している。

漱石は、『破戒』とほとんど同じ時期に『坊っちゃん』（一九〇六・四）を発表した。四月一日付の草平宛書簡には、「僕ホト、ギスに坊ちゃんなるものをかく。（中略）実は藤村先生と正反対のものです」と書いている。

「正反対のもの」と言ったのは、『破戒』の「真面目」な文章と『坊っちゃん』の笑いにあふれた文章とが正反対だということであろう。一方、『破戒』と『坊っちゃん』には共通点もある。前者では、校長が腹心の勝野文平と組んで「異分子」の丑松を追放しようと図り、後者では、教頭の赤シャツが手下の野だと結んで「邪魔者」の山嵐らを辞職に追いこもうとする。どちらも学校を舞台にして、権力をもつ者やそれにへつらう者の醜い策謀をあばきだしている。漱石が『破戒』に共感した理由の一つは、この点にもあったと思われる。

二　その後の漱石と『破戒』

漱石の次作「草枕」(一九〇六・九)は、「美」の理想を描こうとした俳句的小説であった。しかし、彼は、「この世は住みにくい」と感じて画家が旅をした「桃源」にも、「戦争」などの「現実世界は山を越え、海を越えて、平家の後裔《こうえい》のみ住み古したる孤村に迄逼《せま》る」ことを書かずにはいられなかった。

漱石は鈴木三重吉に宛てた手紙に、「草枕の様な主人公ではいけない。(中略) 苟《いやしく》も文学を以て生命とするものならば単に美といふ丈《だけ》では満足が出来ない。丁度維新の当時勤王家が困苦をなめた様な了見にならなくては駄目だらうと思ふ。間違ったら神経衰弱でも入牢でも何でもする了見でなくては文学者になれまいと思ふ。(中略) 僕は一面に於て俳諧的文学に出入すると同時に一面に於て死ぬか生きるか命のやりとりをする様な維新の志士の如き烈しい精神で文学をやって見たい」(一九〇六・一〇・二六付) と述べた。このような従来の作風への反省や新しい文学創造への意欲は、『破戒』の衝撃によるものと考えられる。

「野分」(一九〇七・一) の主人公で学校教師の白井道也は、権力・金力ある者を批判したり彼らに敬意をはらわなかったりしたために転勤を余儀なくされ、新潟・九州・中国辺の中学校を渡り歩いた末、今では東京で貧しい生活をしながら、文筆や演説によって自分の理想を世に広めようとしている。教え子の高柳周作は、かつて新潟で道也の追い出しに加担した過去をもち、犯罪者の子であるという秘密を隠していたが、道也の評論や演説に触れて心服し、彼に過去や秘密を告白するに至る。道也と周作の人間像や人間関係には、明らかに『破戒』の猪子蓮太郎と丑松の人間像や関係の一部が投影している。

漱石は、すでに前年から大学をやめて創作に専念したいという強い願望を抱いていた。藤村が小諸義塾の教師をやめ、貧窮に耐えて『破戒』を完成したことは、いっそうその思いを強くした。「野分」は、自分が教師をやめたときに直面するであろう困難を想定し、その克服の道を探ろうとした実験作でもあった。

漱石は一九〇七(明治四〇)年四月に東京朝日新聞社に招かれて入社し、念願の作家生活に入った。同年九月に田山花袋が告白小説『蒲団』を発表して大きな反響を呼び、以後、周知のように、日本の近代小説は、虚構性・社会性の乏しい私小説が主流となっていった。しかし、漱石は、「拵《こしら》へものを苦にせらるゝよりも、活《い》きて居《ゐ》るとしか思へぬ人間や、自然としか思へぬ脚色を拵へる方を苦心したら、どうだらう」(「田山花袋君に答ふ」)という信念を変えず、『破戒』を受け継いで、その後も、虚構によって真実や理想を追求する本格的な近代小説の創造に努めたのである。

「草枕」と探偵

「草枕」は、一九〇六（明治三九）年九月号の『新小説』に発表された。この小説は、三〇歳になる洋画家の余が「兎角《とかく》に人の世は住みにくい」（一）と感じて、山里へ「非人情」（一）の旅に出るところからはじまる。時は、一九〇四（明治三七）年（あるいは一九〇五年）の春。日露戦争の最中《さなか》である。

余は、峠を越えてたどりついた那古井の温泉場で、離婚して実家へ帰っている美しい女性の那美さんに出会う。また、彼女の父から茶席に招かれたとき、相客となった観海寺の老和尚とも知り合う。「比僧は六〇近い、丸顔の、達磨《だるま》を草書に崩した様な容貌を有して居る」（八）。那美さんは、時折大徹を訪れて教えを乞うている。

ある月のいい夜、余は観海寺を訪れて大徹と語り合う。旅行の目的は画をかくためかと問われた余は、「画はかゝないでも構はない」（十一）と答え、「屁《へ》の勘定をされるのが、いや」（同）だから旅に出たのだと付け加える。

「屁の勘定た何かな」

「東京に永く居ると屁の勘定をされますよ」

「どうして」

「ハ、、、、勘定だけならい、ですが。人の屁を分析して、臀《しり》の穴が三角だの、四角だのって余計なことをやりますよ」

「はあ、矢張り衛生の方かな」

「衛生ぢゃありません。探偵の方です」

「探偵？成程、それぢゃ警察ぢゃの。一体警察の、巡査のて、何の役に立つかの。なけりゃならんかいの」

「さうですね、画工《えかき》には入《い》りませんね」

「わしにも入《い》らんがな。わしはまだ巡査の厄介になった事がない」

「さうでせう」

「しかし、いくら警察が屁の勘定をしたて、、構はんがな、澄まして居たら。自分にわるい事がなけりゃ、なんぼ警察ぢゃて、どうにもなるまいがな」

「屁位で、どうかされちゃ堪りません」（十二）

この会話で用いられている「探偵」とは、正規の警察官とは別に雇われて、もっぱら探索活動に従事しているいわゆる「探偵」だけを指すのではない。警察関係者全体をこう呼んでいるのである。

大徹が警察の必要性を認めないのは、泥棒などの犯罪者が出没したことのないのどかな山里の禅寺で脱俗的な暮らしをしているからであろう。一方、余がその意見に賛成しているのは、都会に住んで、警察（探偵）に屁を勘定されたり分析されたりした苦い経験を持っているからにちがいない。屁の「勘定」や「分析」とは、具体的にどのようなことを指すのかはよくわからない。警察（探偵）が反政府的な活動をしたという疑いのある者をリスト・アップして「勘定」し、彼らを「分析」して、無政府主義者、社会主義者、反戦主義者などとレッテルを貼るという「余計なこと」をしていると言うのであろうか。

「草枕」は、よく知られているように、

山路《やまみち》を登りながら、かう考へた。
智に働けば角《かど》が立つ。情に棹させば流される。意地を通せば窮屈だ。兎角《とかく》に人の世は住みにくい。（一）

という有名な書き出しをもっている。余の経歴などについては何も書かれていないが、次のような事情があったと推測することも可能である。

余は、「智」においては、日本とロシアの開戦には反対であった。そこで、新聞や雑誌に非戦を主張する評論をいくつか発表したが、そのため警視庁から目をつけられ、巡査が自宅を訪れて「おどし文句をいやに並べ」（『猫』十二）たり、探偵に尾行されたりしたこともあった。ところが、戦争がはじまると、余は思いがけず自分の心に起こった愛国の「情」に流されて、頼まれるがままに戦争画を描いてしまった。その後、戦争が長期化するにつれ、愛する人やはたらき手が戦死・戦傷し、戦争を継続するために増税が相次ぐなど、国民の生活は苦しくなっていった。余は、戦争画に手を染めたことを後悔し、その後は「意地」を通して戦争画の依頼をすべて断わることにしたが、その間探偵の監視は続き、窮屈な思いをすることも多かった。余は、人の世の住みにくさをしみじみと感じざるを得なかった。

ともあれ、この書き出しは、いつの時代にも変わらない人の世の住みにくさを知・情・意という三種の精神作用に分けて記したというばかりでなく、日露戦争の頃の余の心情を語ったものであり、戦争詩「従軍行」執筆前後の作者の心情が投影しているとも考えられる。

なお、市民の生活にうるさく介入する巡査＝探偵に対する作者の反感は、山里を散歩する余の、「足がとまれば、厭になる迄そこに居る。居られるのは幸福な人である。東京でそんな事をすれば、すぐ電車に引き殺される。電車が殺さなければ巡査が追い立てる。都会は太平の民を乞食と間違へて、掏摸《すり》の親分たる探偵に高い月俸を払ふ所である」（一〇）という感懐としても表現されている。当時は、「乞食」を府外へ追放する警察の活動が強化されていた。「草枕」の中には、「探偵」の横行に対する作者の反発や怒りとともに、警察（探偵）などに煩わされず平然と「澄まして居」ることができる大徹の心境に対する作者の憧憬が表れている。また、警察（探偵）を必要としない美しい理想の世界を求める作者の願望がたゆたっている。

付記

漱石の作品に登場する「探偵」としては、警視庁の探偵（『猫』「草枕」「野分」『それから』『明暗』など）、実業家の探偵（『猫』『彼岸過迄』など）、作家的態度としての「探偵」（「草枕」「文芸の哲学的基礎」など）、人間関係における「探偵」（『猫』『坊っちゃん』『虞美人草』『行人』『こゝろ』など）、探偵趣味の「探偵」（「趣味の遺伝」『彼岸過迄』など）等があるが、本書では全体的に考察する余裕がない。他日を期したい。

「二百十日」の世界

―「文明の革命」を求めて―

漱石の「二百十日」(『中央公論』一九〇六・一〇)は、圭《けい》さんと碌《ろく》さんと呼ばれる東京から来た二人の青年が阿蘇の山頂をめざして登るという小説である。

この小説や次作「野分《のわき》」の社会的背景としては、日露戦争後の国家権力と財閥とのいっそうの癒着や企業熱、一方、増税につぐ増税や物価値上げ等による一般国民の生活の困窮や「煩悶青年」の問題などが挙げられる。

この年、社会主義者たちは東京市民とともに市電の運賃値上げ反対運動に取り組んだ。漱石は、この運動に賛成し、自分の思想も「一種の社会主義」(深田康算宛書簡)だと語っている。彼は、第二回市民大会の翌日の九月六日から四日間で「二百十日」を書き上げた。

この小説の文学的背景としては、同年三月に出版された島崎藤村の『破戒』から受けた感銘が挙げられる。漱石は、森田草平に宛てた手紙で、「明治の小説として後世に伝ふるべき名篇なり」と絶賛し、「気に入ったのは事柄が真面目で、人生と云ふものに触れて居」ることだとも述べている。この読書体験は、「草枕の様な主人公ではいけない。（中略）僕は一面に於て俳諧的文学に出入すると同時に一面に於て死ぬか生きるか、命のやりとりをする様な維新の志士の如き烈しい精神で文学をやってみたい」（鈴木三重吉宛書簡）という新しい文学創造の意欲につながるが、その最初の試みが「二百十日」であった。

さて、圭さんは、「鷹揚《おうよう》でしかも堅くとって自説を変じない所が面白い余裕のある逼《せま》らない慷慨家《こうがいか》」（高浜虚子宛書簡）として描かれている。圭さんは貧しい豆腐屋の子として生まれた。彼は頑健な身体と強い意志と「頭」によって高等教育を受けることができたが、世の中には、「頭」があっても、貧しさなどのために学問を続けることができない「気の毒な」庶民が多いことを痛感している。

圭さんは、「華族や金持」が「無闇《むやみ》に人を圧迫する」ことや「下卑た根性を社会全体に蔓延《まんえん》させる」ことなどを痛烈に批判し、ディケンズの『二都物語』を例に出して「仏国《ふっこく》の革命《かくめい》」を是認し、日本でも言論による「血を流さない」「文明の革命」が必要だと強調する。「我々が世の中に生活してゐる第一の目的は、かう云《い》ふ文明の怪獣を打ち殺して、金も力もない、平民に幾分でも安慰を与へるのにある」というのが彼の信念である。登山の前夜、圭さんが宿の部屋から黙然《もくねん》と見つめる「真直に立つ火の柱」は「革命」の精神の象徴である。また、漱石が、社会主義小説『火の柱』（一九〇四年）の作者である木下尚江に送った連帯の挨拶であったかもしれない。

なお、圭さんがいう「華族と金持」とは、当時の元老や貴族院議員や財閥（華族となった者も多い）などを指しているのだと思われる。碌さんは「財産」のある家の生まれだが、圭さんは「あっても其位ぢゃ駄目だ」と問題にしない。都市の中小零細企業者等も営業税などで苦しんでいたのである。

碌さんは身体が弱く意志も弱いと自認している。圭さんの主張に理解は示すが、「大《おお》いにやり給へ」と他人事のような批評をする。

さて、二人は阿蘇山頂へ向かって出発するが、二百十日の風雨に悩まされ、はてしない薄《すすき》の原の中で道に迷い、目的の山頂にたどりつくことができない。圭さんは道を探しているうちに、「火熔石《かようせき》が流れたあと」の谷へ落ちてしまう。それまで万事彼を頼りにしていた碌さんも、大奮闘の末、圭さんを谷から引っぱり上げる。今度は、圭さんが碌さんをかついで宿まで連れて戻る。ここには、二人の友情が美しく描かれている。また、この場面は、「文明の革命」の実現のためには避けられない苦難の象徴的な表現だと読み取れる。

翌日は、前日とはうってかわった上天気だった。圭さんはしぶる碌さんを励まして、再び阿蘇山頂をめざして出発する。圭さんは碌さんに「僕といっしょに文明の革命をやれ」と何度目かの説得をし、少しずつ変わってきた碌さんも最後には「屹度《きっと》やる」と約束する。「二人の頭の上では二百十一日の阿蘇《あそ》が轟々《ごうごう》と百年の不平を限りなき碧空《へきくう》に吐《は》き出している」と作品は結ばれている。

「二百十日」は、漱石の作品の中では概して評価が低い。その理由としては、圭さんの「慷概《こうがい》」に具体性が欠けていることや、滑稽な表現が多すぎることなどが挙げられている。たしかにこの小説は、大部分が二人の青年の軽快でユーモラスな会話によって占められ、十返舎一九の『東海道中膝栗毛』や落語の影響を思わせる挿話もある。漱石は、「あゝしないと、二人にあれだけの余裕が出来ない」（高浜虚子宛書簡）と弁解している。

漱石は、なぜそれほど「余裕」を求めたのだろうか。それは、「文明の革命」への道が遠いこと、時には二百十日の登山のように努力しても「元の所」へ戻ってしまうこともあることを知っていたからであった。しかし、漱石は『文学論』で述べたように、社会は一見「循環」しているように見えても必ず「推移」することを信じていた。だから、社会の改革がすぐに成就しなくても焦らず余裕をもって立ち向かうことの大切さを思い、二人の奮闘と再出発を描いて青年たちを鼓舞《こぶ》したのである。

「二百十日」と落語

今ではひと昔前のことになるが、夏目漱石の文学や近代口語文体の確立や写生文など日本近代文学の創造に及ぼした落語・講談などの影響を一書にまとめたことがある（『漱石と落語―江戸庶民芸能の影響』一九八六年　彩流社）。その後、その増補版も出した（『〈増補〉漱石と落語』二〇〇〇年　平凡社ライブラリー）。その中で、「坊っちゃん」「草枕」「二百十日」「野分」を経て『虞美人草』の冒頭に至る作品に、十返舎一九の『東海道中膝栗毛』とそれをきっかけにして生まれたともいわれる「二人旅」「三人旅」「祇園会《ぎおんえ》」など落語の「旅の話」（「旅の話」ばかりではないが）の投影が見られることを指摘したことがある。本稿では、「二百十日」（『中央公論』一九〇六・一〇）をとりあげて、前著ではふれなかったことを中心にして、落語・講談などの影響を書きとめておきたい。

一

「二百十日」は、圭さんと碌さんという二人の青年が軽口をたたき合いながら、阿蘇山頂をめざして旅をするというやや長めの短編小説である。

ぶらりと両手を垂《さ》げた儘《まま》、圭さんがどこからか帰って来る。

「何処《どこ》へ行ったね」

「一寸、町を歩行《ある》いて来た」

「何か観るものがあるかい」

「寺が一軒あった」

「夫《それ》から」

「銀杏《いちょう》の樹が一本、門前にあった」

「夫から」

「銀杏《いちょう》の樹から本堂迄、一丁半許り、石が敷き詰めてあった。非常に細長い寺だった」

「這入《はい》って見たかい」

「やめて来た」

これが冒頭の一節だが、圭さんと碌さんのとぼけた会話は、明らかに落語から学んだものである。この部分のおもしろさは、推測（あるいは予測・期待）と事実とがくいちがうところにある。圭さんが「寺が一軒あった」と言ったのに対して碌さんが「夫《それ》から」と尋ねた時、彼は「寺」以外に圭さんが観たものを知りたいと期待している。ところが、圭さんの答えは、寺の門前に銀杏《いちょう》の樹があるという事実だった。碌さんは「夫《それ》から」と再び「寺」以外に観たものを尋ねるが、圭さんの答えは、「非常に細長い寺」の説明だった。それなら寺へ入ったのだろうと推測した碌さんが「這入《はい》って見たかい」と尋ねると、「やめて来た」というのが事実だった。こうして、碌さんの推測と圭さんの語る事実とはいつも少しずつくいちがい、そのズレがおかしみを生み出している。

落語の人物たちの会話にも、このような推測と事実とのくいちがいの笑いをねらったものが数多くある。たとえば、「出来心」の冒頭では、泥棒の親分からお前は見込みがないから足を洗って堅気になれと言われた子分が、「これからは、心を入れかえて、一所懸命悪事にはげみますから」とあやまり、このあいだ土蔵破りをやりましたと報告する。

「ふーん、うまくいったか？」

「雨が宵の口から降っていやした。道具でぶちこわして身体の入《へえ》れるだけ穴をあけましてね」

「それは豪儀だ」

「中へ入《へえ》ってみると、いっぺえ草が生えてますんで……」

「蔵ン中がか？」

「石ころなんかごろごろしてまして……」

「おかしいじゃねえか」

「そのうちに雨がやんだんで、上を見ると、星が見える」

「へんじゃねえか、土蔵のなかで……」

「あたしもおかしいなとおもって、よくよくみたら親分の前ですが、こいつが大笑い……」

「なんだ？」

「土蔵じゃなくて、お寺の土塀を破って、墓場へしのびこんだんで……」

「ばかっ、土蔵か、土塀だかわかりそうなもんじゃねえか。（中略）なんか盗んだか？」

「いや、隅のほうの墓石を持ってこうと思ったが、重くって重くって持ちあがらねえからよした」

「まぬけた野郎だ。（後略）」

（麻生芳伸編『落語百選・夏』一九八〇年）

親分の推測や期待は、子分の語る事実によって完全に裏切られてしまう。漱石文学の会話のうまさには定評があるが、その中でも、「二百十日」の会話は、生き生きとした軽快さにおいて傑出しており、『東海道中膝栗毛』の弥次さんと喜多さんや、「旅の話」をはじめとする多くの落語の人物たちの会話が影を落としている。

二

圭さんと碌さんが泊まった温泉宿の隣室から、のん気な会話が聞こえてくる。

「そこで、その、相手が竹刀《しなひ》を落としたんだあね。すると、その、ちょいと、小手を取ったんだあね」

「ふうん。とう〱小手を取られたのかい」

「とう〱小手を取られたんだあね。ちょいと小手を取ったんだが、そこがそら、竹刀《しなひ》を落としたものだから、どうにも、かうにも、仕様がないやあね」

「ふうん。竹刀《しなひ》を落としたのかい」

「竹刀《しなひ》は、そら、さっき、落として仕舞ったあね」

「竹刀を落として仕舞って、小手を取られたら困るだらう」

「困らあ、ね。竹刀も小手も取られたんだから」

二人の話しはどこ迄行っても竹刀と小手で持ち切って居る。黙然として、対座してゐた圭さんと碌さんは顔を見合はして、にやりと笑った。


管見の限りでは諸註にないので付け加えておくと、隣室の会話は、荒木又右衛門が活躍する講談「伊賀の水月」（この名は第二節で碌さんによって明かされる）の中の有名な「奉書試合」の段である。

荒木又右衛門保知《やすとも》は、伊賀山田荒木村の郷士の子として生まれた。本名は服部、幼名は丑之介という。講談では諸国武者修行中の柳生重兵衛光吉（十兵衛三厳とも）の弟子となって天地人三巻の柳生流の極意を授けられ、江戸へ出て、麹町五丁目に道場を開いた。ところが将軍家光の指南役であった柳生飛騨守宗冬にも届け出なかったので、飛騨守から道場へ呼び出される。無断で柳生流を名乗ったことに激怒した飛騨守が竹刀（真剣とも）を構えると、又右衛門は道場の正面に供えられた神酒《みき》徳利の飲み口に差してあった奉書を取って、これまた中段に構えた。両者しばらくにらみ合っていたが、「やっ」と叫んだ飛驒守が打ち込んでくる。又右衛門が体を開いて持った奉書で小手をぱっと打つと、気合いに打たれた飛驒守は竹刀をガラリと取り落とした……。この試合を機に、又右衛門は播州姫路の城主本多政勝に召し抱えられる。

なお、隣室の二人の会話には、落語「浮世床」を思わせるところもある。床屋で「姉川の合戦」を読んでいた銀さんが声に出して聞かせてくれといわれてはじめるが、満足に音読することができない。「真柄十郎左衛門が敵にむかついい」たり「一尺五寸の大太刀」をふりかぶったりする。聞き手からいろいろ口をはさまれて話がなかなか先へ進まないところに、「二百十日」の会話との共通点がある。

向かい座敷の縁側では、爺さんが丁寧に顎《あご》を撫で廻しながら毛抜きで一本一本髭《ひげ》を抜いていているが、何日かかったらすむのかわからない。この風景は、落語「道具屋」の一場面に似ている。道具屋をはじめた与太郎のもとへ来た客が売り物の毛抜きを、よく食う（しっかりかみ合わせる）かどうかためしたいからと借り受ける。客は、「雨の降った日なんぞ、家の縁側でこやって髭ェ抜くなんてたのしみだ……」などと長々としゃべりながらきれいに抜き上げた末に、「ああ、さっぱりした。また伸びたじぶんに来よう」と買わずに行ってしまう（麻生芳信編『落語百選・秋』一九八〇年）。

隣室の二人の会話や向かい座敷の老人の髭抜きの場面に「江戸以来の世界が永遠につづいていくと信じている一般生活者たちがもつ生の感覚」（相原和邦「余裕の文学―『二百十日』前後」『国文學』一九七八・五）を見る解釈もある。しかし、漱石は『文学論』において、人間の個人意識や集合意識は、一見同じ圏内を循環しているように見える場合でも、急激と緩慢のちがいはあれ、必ず推移していくことを述べている。たとえば、「徳川氏の世に当《あた》って所謂《いわゆる》士人なるものは双刀《そうとう》を帯《たい》して天下を横行し、農匠《のうしょう》を見る事土芥《つちあくた》の如く賤《いや》しかりき。かの士人なるものは之《これ》を以て当然とし、農匠なるもの亦獣類と伍をなして恬然《てんぜん》たり」（『文学論』）とあるように、江戸時代の人々は封建的身分制度や身分差別は不変のものと信じていた。だが、明治時代の今日、封建的身分制度は崩れ（代わって華族・士族・平民という族籍は作られたが）、人々の意識も変化してきたことは否定できない。漱石は、「一般生活者たち」の楽天的な姿の中に、彼らの意識が反復しながらも少しずつ推移していく可能性を見ていたのではないか。それは、この作品の中で圭さんが主張する理想が、いつかは少しずつ民衆の支持を得ていく可能性にもつながるはずである。

夕食の場面では、碌さんが「玉子を半熟にして来てくれ」と言うと、「ねえ」と肥後訛《なま》りの返事をする下女が生玉子と全熟の玉子を持ってきて「半分煮て参じました」というくだりがある。碌さん自身が言うように「丸で落し噺し見た様」な一節であり、旅先でことばの通じない滑稽を描いているところは「旅の話」そのままである。たとえば、落語「祇園会《ぎおんえ》」には、京見物に来た江戸っ子が「湯屋はどこだ」と洗濯をしているおかみさんに尋ねると、湯を柚《ゆず》と間違えられて、八百屋を教えられてしまうところがある。また、下女が「ビール」はないが「恵比寿」ならあると言って、恵比寿がビールの一種であることを知らないという滑稽も、「道具屋」をはじめた与太郎が客にのこはないがのこぎりならあるというくすぐりなどに似て落語的である。

しかし、これらの挿話も、下女の無知による滑稽だけが目的で描かれたものではない。下女は「奇麗な顔をして下卑たことばかりやってる」「華族や金持」と対比され、「単純ない、女だ」と評価されている。圭さんは、「田舎者の精神に文明の教育を施《ほどこ》すと、立派な人物ができるんだがな、惜しい事だ」という。ここでは、都会人にありがちな軽薄さをもたない田舎者の単純さ素朴さが尊ばれ、人間的成長の可能性が語られている。

三

圭さんと碌さんという二人の人間像の中にも、落語などの投影がある。

圭さんは貧しい豆腐屋の家に生まれ、苦学して高等教育を受けた。圭さんは初め寒磬寺《かんけいじ》門前の豆腐屋を他人事のように語るが、後にその家の倅《せがれ》であると自白する。浅田隆はここに落語などに用いられる手法を見て、「はじめ他人事のように提示した何事かが、実は当人自身のことだったというオトボケのおかしみと共に、当初与えた印象から価値が突然下落する転倒のおかしみ」(「私説『二百十日』」『夏目漱石の全小説を読む』一九九四・七　學燈社)を指摘している。だが、ここでは、オトボケや価値転倒のおかしみばかりでなく、豆腐屋出身で平民の立場から「文明の革命」を主張するとともに、一方では、自分の出自を打ち明けることに一種のためらいと恥じらいを感じている圭さんの複雑な心情が表れていることにも注意したい。

漱石は、高浜虚子に宛てた手紙の中で、「圭さんは呑気にして頑固なるもの」と言い、「圭さんは鷹揚でしかも堅くとって自説を変じない所が面白い余裕のある逼《せま》らない慷慨家です」(一九〇六・一〇・九付)と説明している。圭さんは、「呑気」と「頑固」の両面をあわせもっている。「呑気」な側面は「鷹揚」「余裕」「逼《せま》らない」とも表現され、「頑固」な側面は「堅くとって自説を変じない」「慷慨家」とも表現されている。

圭さんは「頑固」で、「華族や金持」が「生意気に威張る」ことや「金や威力でたよりない同胞を苦しめる」ことや「下卑た根性を社会全体に蔓延《まんえん》させる」ことなどをくり返し慷慨する。「我々が世の中に生活してゐる第一の目的は、かう云ふ文明の怪獣を打ち殺して、金も力もない、平民に幾分でも安慰を与へるのにある」という自説を変じない。彼は、フランス革命を是認し、日本でも「血を流さない」「文明の革命」が必要だと主張する。同時に圭さんは「呑気」で、温泉宿から一人散歩に出て鍛冶屋《かじ》の前で馬の沓《くつ》を替えるところを長い間のんびりと見ている。また、阿蘇登山の日は荒れ模様であったが、「大丈夫だ。天祐《てんゆう》があるんだから」と気にもかけず、道に迷って「火溶石《かようせき》の流れたあと」の「谷底」に落ちてもあわてない。

漱石は、圭さんの言う「文明の革命」を実現していくためには、「堅くとって自説を変じない」「頑固」さとともに、悲壮感や切迫感にとらわれず精神的な「余裕」をもちつづける「呑気」さが大切だと考えていたのである。このような圭さんの人間像には、どこか落語「たがや」などに出てくる横暴な武士に抵抗する江戸っ子の町人の面影がある。圭さんの思想は、江戸時代の町人の抵抗精神の上に、フランス革命のスローガンであった自由・平等・博愛の精神などを摂取したものだと見ることができる。

碌さんは自ら「金は大分ある」という裕福な家庭に生まれ、何不自由なく育ってきた。漱石は、高浜虚子に宛てた手紙の中で、「碌さんは陽気にして、どうでも構わないもの」「碌さんはあのうちで色々に変化して居る然し根が呑気な人間だから深く変化するのぢゃない」(前掲書簡)と解説している。碌さんは明るい性格だが、圭さんに「柔弱でいけない」と言われ、自分でも「意志が薄弱」だと認めている。二百十日の天候に恐れをなし、何度も登山の中止を提案するが、圭さんに押し切られてしまう。このような碌さんの人間像には、どこか「唐茄子屋政談」「船徳」

などに出てくる落語の若旦那の面影がある。

圭さんが理想主義者であるのに反して碌さんは現実主義者であり、圭さんの主張に対してツッコミを入れて相対化してしまう。たとえば、圭さんが桀紂《けっちゅう》のような華族や金持は阿蘇の噴火口から十把《じっぱ》一《ひ》とからげにして落としてしまったらどうだろうと息巻くと、碌さんは「君大丈夫かい。十把《じっぱ》一《ひ》とからげを放り込まないうちに、君が飛び込んじゃいけないぜ」とまぜかえす。圭さんが自分には「天祐《てんゆう》」があるから大丈夫だと言うと、碌さんは「どうも君は自信家だ。（中略）此次ぎには天誅組にでもなって筑波山に立《た》て籠《こ》もる積《つも》りだらう」と言ってからかう。また、圭さんが阿蘇の草原を吹き分ける風を見て「痛快だ」とよろこぶと、碌さんは「痛快でもないぜ」と自分の帽子が飛んでしまったことをぼやく。碌さんは圭さんの理想に全く理解がないわけではないが、実現の可能性については懐疑的であり、圭さんの主張から遠く離れたり、それに近づいたり「色々に変化」（前掲書簡）する。

しかし、二人は固い友情で結ばれている。碌さんが皮肉な合の手を入れるのは、「自信家」の圭さんが軽挙妄動に走らないでほしいと願い、友人の身を案じているからでもある。圭さんの風貌が維新政府に対して反乱を起こした西郷隆盛とよく似ていることも、碌さんの心配の種であったかもしれない。「自信」過剰気味の圭さんが谷底へ落ちてしまったとき、碌さんは自分の兵児帯《へこおび》を解いてこうもり傘の柄に結びつけてたらし、必死になって圭さんを谷から引っぱり上げる。「唐茄子屋政談」や「船徳」に出てくる「柔弱」な若旦那の徳さんが、いざというときには、唐茄子屋や船頭になって奮闘するというところと似ている。

落語「愛宕山《あたご》」は、旦那のお供で愛宕山へ山遊びに出かけた幇間の一八が、旦那が「拾った者にやる」と言って投げた小判を拾おうとして谷底へ落ちる（後から繁八に突かれて落とされるという演出もある）噺である。一八は小判を拾い集めた後、帯や着物や羽織を裂いて長い縄を作り、竹のしなりを利用して飛び上がるが、小判を拾ってくるのを忘れてしまう。この噺は、落ちた谷底から帯などで長い縄を作って上がるという点では「二百十日」と共通点がある。もっとも「愛宕山」は上方ばなしを東京へ移植したものであり、漱石にそれを聴く機会があったかどうかはわからない。ただ、圭さんが谷へ落ちる場面のおかしみには、落語的な味わいが濃い。なお、二人が阿蘇へ登る場面では、「兎《と》も角《かく》も」「饂飩《うどん》」などの語句の反復が笑いを誘うが、これも「花色木綿」（「出来心」）、「提灯屋」（「提灯屋」）など落語に数多い反復の手法の活用である。

四

阿蘇登山に失敗した翌朝、圭さんはもう一度阿蘇へ登ろうと言うが、碌さんは一刻も早く帰りたがっていて意見が合わない。そこで二人は、碌さんの提案にしたがって、手をたたいて泊まっていた馬車宿の人を呼び出し、亭主であれば圭さんの主張に従い、御者であれば碌さんの命令に服するという「賭」をする。ところが出て来た男がどちらでもなく、雇人だというので勝負がつかない。この趣向は、『膝栗毛』四編上の「荷物《にもつ》坊主《ぼうず》持《もち》問答《もんどう》」のくだりをふまえたものかもしれない。弥次さんと喜多さんが、一人が二人分の荷物をいっしょにして持ち、坊主に出会うたびに荷物をかつぎかえる「坊主持《ぼうずもち》」をする。喜多さんが荷物を持っているとき、ふと道端の乞食を見ると坊主頭をしていたので一文喜捨したのち弥次さんに荷物を渡そうとする。ところが後から見た弥次さんがこの男のぼんのくぼにほんの少し毛が残っていることを発見したので、荷物持ちの交替はお預けとなる。いずれにしても、滑稽本的、落語的趣向である。

漱石は、虚子が「滑稽が多すぎる」と批判したことに対して、「尤《もっと》もであるが、あゝしないと二人にあれだけの余裕ができない」と弁解している（前掲書簡）。

漱石は社会の不義・不正に対して、強い憤りを持っていた。「文明の革命」は漱石自身の理想でもあった。また、「僕思ふに圭さんは現代に必要な人間である。今の青年は皆圭さんを見習ふがよろしい」（前掲書簡）と述べているように、未来を担う青年たちが社会改革の理想をもって生きることを願っていた。しかし、一方で、漱石は、「文明の革命」を実現するためには、長い長い歳月を必要とすることを感じていた。一時的な激情に駆られて過激な行動に走るならば、権力者による弾圧を招き、自分自身も心身ともに破滅するのではないかという恐れを抱いていた。二人を「余裕」ある人物として描き滑稽化したのは、現在の社会情勢や自分の理想を冷静に客観視して、決して焦燥や絶望に陥るまいと自戒したからであった。漱石は、幼少の頃からの寄席通いによってすっかり自家薬籠中のものになっている落語の手法をふんだんにとり入れて、二人の人物像にも、作品全体にも滑稽による「余裕」をつくり出した。それは決して現実から逃避するための「余裕」ではなく、現実とのたたかいを継続するための「余裕」であった。二人が再び阿蘇の噴火口をめざして登りはじめたところで、物語は幕を閉じる。ここには、「坊っちゃん」や「草枕」にはなかった再出発の場面がある。

「野分」と探偵

小説「野分」は、一九〇七（明治四〇）年一月号の『帝国文学』に発表された。

主人公の白井道也《どうや》は、実業家を批判したり華族に敬意を払わなかったりしたという理由で、新潟・九州・四国の中学校教師の職を追われ、今は、東京で暮らしている。彼は、翻訳や雑誌の探訪記事の執筆によって生活を支えながら、著述や演説によって自己の思想を表現し社会に影響を与えようとしている。だが、文筆だけで生計を立てることはなかなかむずかしく、妻の御政《おまさ》の不満が高まりつつある。生活費の不足に困った御政は、会社員をしている道也の兄に頼んで、年末に全額を返済するという約束で、兄の知り合いの貸手から百円を融通してもらう。

ある日、兄が道也の留守中にたずねてきて御政に相談を持ちかける。兄は、今日会社で課長に呼ばれて、「聞けば君の弟ださうだが、あの白井道也とか云ふ男は無闇《むやみ》に不穏《ふおん》な言論をして富豪などを攻撃する。よくない事だ。ちっと君から注意したらよからうって、散々《さんざん》叱られた」と語る。御政が、「どうしてそんな事が知れましたんでせう」と不思議がると、兄は、「そりゃ会社なんてものは、夫々《それぞれ》探偵が届きますからね」と答え、課長からそう言われてみると、自分も放っては置けないと言う。

二人は道也を「もっと着実な世間に害のない職業」に就かせるために、教師に復帰させようと画策する。実は、先に貸した百円は兄が他人から借りて用立てたものではなく、兄が自分の金を出したものだった。道也が安心しないように、そのような形をとったのである。兄は、偽の貸手にきびしく催促させ、困った道也が自分の方へ頭を下げてきたときに取って抑えるという方法を提案し、御政も了承する。また、兄は、会社からの帰途、「演説会の広告」を見て、道也が「現代の青年に告ぐ」と題して演説することを知ったと話し、「過激な事」「つまらない事」をしゃべって取り返しがつかない事態になることを恐れ、演説会の時刻に「急用で逢《あ》いたい」という自分からの使いを出すという計画を御政と打ち合わせる。

風の吹く日、演説会へ出かけようとする道也のもとへ兄からの急用の封書がとどくが、道也は無視する。御政もしきりに引き止めるが、彼は、雑誌出版社の同僚が東京市電運賃値上げ反対事件を煽動したという疑いで検挙されたため、「その家族が非常な惨状に陥って見るに忍びないから、演説会をしてその収入をそちらへ廻してやる計画なんだ」とその趣旨を説明して納得させようとする。それでも「社会主義だなんて間違えられるとあとが困りますから」という妻に道也は、「間違えたって構わないさ。国家主義も社会主義もあるものか。只正《ただ》しい道がい、のさ（中略）徳川時代じゃあるまいし」と言い、妻を振り切って出かけていく。

年末になり、道也に金を貸したという男が返済の期限がきたと取り立てにくる。道也は書き上げた著述（『人格論』）の原稿が売れるまで待ってほしいというが、男は承知しない。両者の話し合いが行き詰まったままのところへ、道也の新潟時代の教え子で弟子の高柳周作がたずねてくる。

高柳は、大学を卒業して間もない作家志望の青年だが、貧乏に苦しみ、肺結核を病んでいる。彼は、富裕な実業家の息子である親友の中野輝一からすすめられ、「かねて腹案のある述作を完成」することを条件に、転地療養の費用として百円を受け取ったばかりで、道也にひとときの別れを告げに来たのである。事情を知った高柳は、道也の著述を買い取ることを申し出て、持参した百円を差し出し、「君、そんな金を僕が君から」と押し返そうとする道也を残して去って行く。小説は、「彼は自己を代表すべき作物《さくぶつ》を転地先よりもたりし帰る代りに、より偉大なる人格論を懐《ふところ》にして、これをわが友中野君に致《いた》し、中野君とその細君の好意に酬《むく》いんとするのである」と結ばれている。

だが、この結末が問題の解決になっていないことは明らかである。道也は、受け取った金を男に取られ、さらに百円の金を高柳に返す必要を感じるが、強い不信感を持つに至った兄には頼む気になれず、かと言って、他に金策のあてもない。また、高柳が持ち帰った道也の著述を、中野が素直に受け取れるとは思えない。高柳の行為は、親友の「作物《さくぶつ》」の完成を期待した中野の好意を裏切るものであった。たとえ中野が自分の父（道也の兄が勤めている会社の社長だという）から金を借りて『人格論』を出版しようとしても、道也の思想や行動を「探偵」から聞かされている父が出資することはないだろう。また、裏切られた中野は、高柳に再び転地の費用を出してくれるだろうか。道也と高柳の前途には、暗澹《あんたん》たる事態が予想される。

「野分」の「探偵」は、兄の話の中に一度現れるだけであるが、彼がこの小説で果たす役割は決して小さいものではない。兄が偽計を用いて道也の演説を阻止しようとしたのも、借金を取り立てて道也を窮地に追いこもうとしたのも、何よりも探偵とその背後にある国家権力を恐れたからであった。一八七四（明治七）年に設置された警視庁は、行政警察の中核に政治警察を据え、藩閥官僚政府が自由民権運動や政党勢力に対抗するための武器とした。日露戦後は社会運動や社会主義運動を抑圧するために、財界との連携を密にして、国民に対する日常的な監視体制を強化していった。漱石の「野分」は、反政府的・反「富豪」的な思想や言論や集会などをきびしく取り締まり、国民を萎縮させ沈黙させようとした明治の国家権力と「探偵」の暗躍を鋭くとらえている。

『三四郎』と戦争

一九〇八（明治四一）年九月一日から一二月二九日まで、漱石は『朝日新聞』に『三四郎』を連載した。この小説は、熊本の第五高等学校を卒業した小川三四郎が東京帝国大学へ入学するために、汽車に乗って上京してくるところからはじまる。彼は、汽車に乗り合わせた女と爺さんが話をするのを耳にする。

女は呉に住んでいて、その夫は長らく海軍の職工をしていたが、日露戦争中は旅順ではたらいていた。戦争終了後いったん帰ってきたが、間もなくあちらの方がもうかると言って、また大連へ出稼ぎに行った。始めのうちは手紙もあり金もきちんと送ってきたが、ここ半年ばかりは音信不通になっている。女は仕方なく、子供を預けている実家へ帰って夫の帰りを待つつもりだと爺さんに語る。

それを聞いた爺さんは、しきりに女を慰め、戦争に対する疑問を口にする。

自分の子も戦争中兵隊にとられて、とうとう彼地《あっち》で死んで仕舞った。一体戦争は何の為にするものだか解《わか》らない。（中略）大事な子は殺される。物価《しょしき》は高くなる。こんな馬鹿げたものはない。世の好《い》い時には出稼《でかせ》ぎなど、云ふものはなかった。みんな戦争の御蔭だ。（一）

二人は、戦争で愛する家族や働き手をなくして家庭が崩壊し、生活の不安をかかえている。女と爺さんとの会話には、日露戦後の庶民の生活の困難に対する漱石の鋭い観察がある。子供を失った爺さんが「戦争」に対して、「こんな馬鹿げたものはない」ときっぱり否定していることも注意をひく。爺さんがいう「戦争」とはもちろん日露戦争のことだが、漱石は、この表現に近代の戦争一般に対する批判の意味もこめているかのようである。

翌日の汽車の中で、三四郎は広田先生と同席し知り合いになる。

広田先生は三四郎に向かって、日本は「一等国」になったというが、「富士山」より外に「自慢するものは何もない。所が其富士山は、天然自然《てんねんしぜん》に昔《むかし》からあったものなんだから仕方がない。我々《われ〳〵》が拵《こしら》へたものぢやない」（一）と言う。三四郎が「然し是から日本も段々発展するでせう」（同）と弁護すると、広田先生は、すました顔で「亡《ほろ》びるね」（同）と答える。

日露戦争に勝って日本の国際上の地位が高まり「一等国」になったという意見は、当時のマスメディアにおいて、国民の自尊心をくすぐる言説として、よく取り上げられた。「一等国」

になるということは、明治憲法発布以前からの政府支配層の国家目標だった。たとえば、文部大臣森有礼は、一八八五（明治一八）年一二月一二日に埼玉県尋常師範学校でおこなった演説の中で、

　苟《いやし》くも日本男子たらんものは我日本国が是迄《これまで》三等の地にあれば二等に進め、二等にあらば一等の地位に進め、遂には万国の冠たらんことを勉めざるべからず。

と述べている。日清・日露戦争を経てようやく「一等国」の地位を手に入れた明治政府は、さらなる対外的膨張政策を進めて「万国の冠たらんこと」を意図しはじめていた。国民の間にも、「一等国」意識が広がっていった。

漱石は、「富士山」の美を否定していたのではない。のちに三四郎は、汽車の窓から眺めた富士山を「成程崇高なものである」（四）と語っているし、広田先生もそれに同意している。漱石が富士山を「日本一の名物」とするような考えを嫌ったのは、いうまでもなく、それが「我々《われ〳〵》が拵《こしら》へたものぢゃない」ものを「自慢」しているからで、このような意識からは、独自性と普遍性を合わせもった新しい文明を創造することができないと考えたからであろう。

また、漱石は、日本人の「一等国」意識が自国に対するうぬぼれと他国に対するさげすみを

生み、それらの意識による国際的行動が日本の真の「発展」を妨げ、やがては「亡《ほろ》び」への道に導くのではないかと憂慮していたのである。

広田先生は、三四郎に向かって、「熊本より東京は広い。東京より日本は広い。（中略）日本より頭《あたま》の中《なか》の方が広いでせう。（中略）囚《とら》はれちゃ駄目だ。いくら日本の為めを思ったって贔《ひい》屓《き》の引き倒しになる許《ばか》りだ」（一）と言う。

「一等国」意識や「日本贔屓《ひいき》」（『猫』五）のナショナリズムに囚《とら》われると、日本や他国を認識する目がくもったり、思考停止に陥ったりして、「日本の為め」を思ってしたことが「贔屓《ひいき》の引き倒し」となり、かえって日本を駄目にしてしまう。広田先生は、この青年が日本より広い頭の中で、日本や他国を世界的視野の下で客観的・理性的に見つめ、囚われない自由な思想を育てていくことを期待したのである。

『三四郎』のこの場面は、漱石が広田先生の口を借りて、当時の日本人、特に青年たちに教訓を与えようとしたものとして、よく引用される。しかし、私は、漱石の意図はそれだけではなかったと考えている。日露が開戦したとき、漱石は、それまでの非戦の立場から転じて、戦争詩「従軍行」（『帝国文学』一九〇五年五月号）を書いた。戦争が長期化するにつれて、彼の日露戦争観は次第に懐疑的なものに変わっていったが、一度は「囚《とら》はれ」たことも事実である。漱石は過去の失敗を想起し、自戒の思いをこめて、「囚はれちゃ駄目だ」と広田先生に語らせ、自分の内部にも潜んでいた排外的ナショナリズムを克服しようとしていたのではないだろうか。

漱石の姦通小説
―『それから』の場合―

　漱石の『それから』（『朝日新聞』一九〇九・六・二七〜一〇・一四）は、主人公長井代助と平岡常次郎の妻三千代との恋愛と姦通を描いた一七章から成る長編小説である。この小説は、一九〇八（明治四一）年一〇月一〇日施行の刑法第一八三条の姦通罪「有夫ノ婦姦通シタルトキハ二年以下ノ懲役ニ処ス其相姦シタル者亦同ジ」を意識して書かれたものではないかと思われる。漱石は『それから』連載中の畔柳芥舟《くろやなぎかいしゅう》宛（七・二六付）の手紙に、「あの代助なるものが姦通を致しさうにて弱り候」と書き送っている。

　代助が三千代と初めて出会ったのは、東京帝大の二年生の頃であった。彼女は代助の大学時代の友人菅沼の妹で、高等女学校を卒業したばかりであった。彼女は、「静かな、しとやかな、奥行のある、美しい女」（十六）だった。菅沼は文学や芸術などの「趣味に関する妹の教育」（十四）を代助に依頼し、代助はすすんでその任にあたった。三千代もよろこんでその指導を受けた。菅沼は、将来二人が結ばれることをひそかに望んでいたのだと思われる。

ところが、菅沼が卒業する年、彼の母がチフスにかかり、見舞いに行った彼にも伝染して、二人とも急死してしまった。その後、菅沼の父は日露戦争中に株に手を出して失敗し、落魄《らくはく》して北海道へ去った。中学校時代からの親友平岡が三千代と結婚したいという思いを代助に打ち明けたとき、彼は平岡と三千代との間をとりもってまとめてやった。やがて二人は結婚し、平岡の勤める銀行の支店のある大阪へ出発した。

すでに三千代に好意をもっていた代助が友に恋を譲ったのは、「一種の義侠心」（十六）からであった。「僕の未来を犠牲にしても君（＝平岡）の望みを叶《かな》えるのが友達の本分だと思った」（同）のだという。代助の父得《とく》は、地方の下級武士の家に生まれ、戊申戦争に出たあと官僚となり、その後実業家に転じて活躍し、今では相当な資産家となっている。代助は、父から前近代的な儒教的・武士的道徳を教えこまれて育った。江戸時代の武士階級の道徳は、「五倫」（『孟子』）の一つとして「朋友の信」を重んじ、それを己れの恋情の上に置いた。代助の行動もその影響によるものと言えよう。また、当時の民法（明治三一年施行）では、結婚をするには、男は満三〇歳まで、女は満二五歳までは戸主の同意を必要とした。父がたしかな身寄りのない三千代との結婚を許すはずがないと考えたことも、代助が恋をあきらめた一因であったと思われる。

三年後、三〇歳になった代助は、前近代的な道徳の克服に努め、「国家社会の為に尽《つく》す」（三）を口癖としながら「金を儲《もう》ける」（同）ことに専念してきた父の偽善性を批判的に見るようになっていた。彼は、「個人の自由」（十五）「精神の自由」（十六）を尊重し「自我」（十四）の実現をめざす近代的な道徳によって己れの行動を律しようとしていた。長井家の長男誠吾は父の関係する会社で重い役についていたが、代助はまだ就職も結婚もせず、父から月々の金を貰って暮らしていた。そこへ、失職した平岡が妻を伴って帰京してくる。

平岡から働かない理由を問われたとき、代助は、「日本対西洋の関係が駄目だから」（六）だという一種の文明批評を述べた。詳述の余裕はないが、西洋文明を無批判に移入して「無理にも一等国の仲間入りをしやう」（同）と焦っている日本では、「頭に余裕がないから、碌《ろく》な仕事が出来ない。悉《ことごと》く切り詰めた教育で、さうして目の廻る程こき使われる」（同）。国民は「精神の困憊《こんぱい》」（同）、「身体《しんたい》の衰弱」（同）、「道徳の敗退」（同）に陥っていると言う。代助は、現代日本の長時間・過密労働の中では「個人の自由」がなく、「自我」の実現を達成できないと考えていた。だが、この現実を自分一人の力で変えることは不可能だから、自分は世の中を有りのままに受け取って、その中で最も自分の趣味に適したものと接触を保つことで満足したいというのが代助の言い分であった。

それに対して平岡は、自分は失敗したが、失敗しても働いている。また、これからも働くつもりだと言い、「僕は僕の意志を現実社会に働《はたら》き掛《か》けて、その現実社会が、僕の意志の為《ため》に、幾分でも、僕の思ひ通りになったと云う確証を握らなくっちゃ、生きてゐられない」（同）と主張して、口先で批判はしても、結局世の中を有りのままに受け取ることに帰着する代助の消極的な生き方に反発した。

二人の論争については、代助の文明批評を評価する見解や、逆に彼の「高等遊民」の立場からの労働軽視を批判する見解などが出されている。ここでは、作者の意見は、代助の文明批評と平岡の労働観に分与されていると見ることができるだろう。なお、代助の消極的な生き方は、後に変化することにも留意したい。また、平岡の言葉は、彼の実生活と照らし合わせて、その真実性を吟味する必要がある。

平岡は、赴任後しばらくは「非常な勤勉家」（八）であったが、子供が病死し三千代が心臓を痛めたのをきっかけに遊びはじめた。彼の放蕩は次第に高じて借金がふえ、とうとう銀行の金を使いこんで辞職を余儀なくされたのである。こうして見ると、彼が代助に語った労働観も根底のある意見ではなく、単に代助への対抗意識からくる自己弁護のための言葉だったと言わなければならない。

代助は、三千代の心細い境遇に同情を深め、夫婦仲の修復を願って、平岡の就職口を探すとや彼の借金返済のための金策や夫婦の生活費の調達などに奔走する。だが、平岡は、自分の思い通りに事が運ばないことに焦立って妻にあたることも多く、ようやく新聞社に再就職した後も、代助の忠告にもかかわらず、多忙を口実に家庭をかえりみない。代助は、平岡と三千代との夫婦関係はすでに破綻《はたん》していると思わざるを得なかった。

代助は過去をさかのぼって三千代との思い出をふりかえり、どの断面にも、「二人《ふたり》の間に燃える愛の炎」（十三）を見出した。三千代は、兄の菅沼といた頃のように髪を銀杏返《いちょうがえ》しに結い、代助が買って行ったことのある白い百合を買って彼を訪ねて来たりした。なつかしい昔を代助にも思い出してほしかったからであろう。代助の三千代に対する愛は深まっていったが、それを貫こうとすれば姦通の罪に問われることになる。「自然の愛」（十三）のままに進もうか、それとも「世間の掟」（十六）に従おうかという苦しい葛藤の末に、代助は買ってきた白い百合の花の香りに包まれて、「僕の存在には貴方が必要だ。どうしても必要だ」（十四）と三千代への愛を告白する。彼女は、この遅すぎた告白を聞いて、あの時「何故《なぜ》棄《す》ててしまったんです」（同）と言って泣いたが、自分と平岡との間には愛は存在しなかったことを認めて代助の愛を受け入れた。

これまで代助は父の世話になりながら何度も縁談を断わることによって「柔らかに自我を通して来た」（同）が、今回の縁談は、父の強い勧めがあって、断わることができずにいた。代助は父と戦う心の準備を整えて実家へ出かけた。父は、日露戦後の極度の不景気の中で事業を継続するためには、地方の大地主との縁戚関係を持つことが大変便利でかつ必要なのだと率直に語って、「政略的結婚」（十五）を勧めた。代助がこの縁談を断わったとき、父は、「もう御前の世話はせんから」(同)と言い渡した。

代助は、父からの「物質上の供給」(十六)が絶えることによって、三千代に対する「物質上の責任」(同)が果たせないことを心配したが、そのことを聞いた三千代は、「斯《か》うなるのは始めから解《わか》ってるぢゃありませんか」(同)と彼をたしなめ、漂泊も死をも恐れないという覚悟を語った。代助は、三千代との「積極的生活」(十四)を維持するために、父への依存を捨てて、自ら働く覚悟を決めた。

代助が平岡に事情を打ち明けて詫びたとき、彼は三千代を愛していなかったことを認め、「法律や社会の制裁は僕には何にもならない」(十六)と語り、三千代を譲ることを約束した。だが、彼はすぐに代助の父に長い手紙を書いた。平岡もまた、妻を夫の「所有」(同)物と見る当時の戸主意識にとらわれていた。「男子の面目」(同)を傷つけられ妻を奪われたという暗い怒りが、代助や長井家に対する「制裁」の欲望に火をつけたのである。

代助の父は、「政略的結婚」の企てを代助から断られたばかりであった。この上、姦通事件が表沙汰になって、「社会上の地位」(十七)や「家族の名誉」(同)がゆらぐことは何としても避けたかった。さらに、そのことをきっかけに、自分たちが隠している「日糖事件」(八)と同様の政治家への贈賄の事実が明るみに出れば、刑事事件の被疑者となり、長井家の事業は致命的な打撃を蒙《こうむ》るにちがいない。父と兄は即座に代助の義絶を決断した。

代助は、三千代が病床に臥していると平岡から聞くが、逢わせてもらえない。彼は平岡の家のあたりをうろつくが、家の中の様子はまるで分からない。彼は職業を探しに街へ飛び出して行ったが、電車の中で頭が焼け尽きるような強い不安に襲われる。『それから』はここで終わり、『それから』の「それから」は、読者の想像に委ねられている。

漱石は、『それから』において、代助と三千代の「自然の愛」（十三）が「個人の自由や情実を毫《ごう》も斟酌《しんしゃく》しない器械の様な社会」（十五）によって追いつめられながらも、それと戦う姿を描いた。姦通と呼ばれる人間関係も、その実態を見れば多様であり、その中には真実の美しい愛も存在する。人間が自分らしく豊かに生きるための性的な自己決定権を認めず、国家が介入して一律に犯罪として処罰したり、社会が安易に不道徳として非難し迫害してもよいのだろうか。この作品からは、このような作者の思想が読み取れよう。

また、三千代と代助との間には、まだ肉体関係がなく精神的恋愛であるのに対して、平岡は放蕩にふけって彼女を苦しめている。しかも、罪に問われるのは、妻の三千代であって、夫の平岡の方ではない。ここには、姦通罪が妻を夫の所有物と見る男女差別的な性格をもっていることへの作者の疑念が認められる。

漱石は、恋愛や結婚の自由を「個人の自由」としてとらえ、当時の家制度における戸主の結婚同意権や「政略的結婚」（十五）の強制などを批判的に見ている。ただ、姦通の場合は、相手の配偶者の夫婦関係を絶ち切り精神的苦痛を与えるものであることから、無制限な自由が与えられているわけではないと考えていたようだ。代助は、平岡と三千代との夫婦関係の破綻をたしかめて後、はじめて彼女への愛の告白を決意する。また、二人の精神的恋愛は三千代の病弱などが原因ではなく、平岡が彼女と別れることに同意するまでは、性的な交わりを自らに禁じた結果ではなかったかと思われる。ここには、二人の抱いていた言わば〈姦通の道徳《モラル》〉が表れている。

なお、筆者は、三千代は心臓病のため性交渉ができなかったという解釈はとらない。平岡が遊びはじめたのは、彼女が発病以前と同じような性交渉ができないことへの不満がきっかけであり、「三千代を愛してゐなかった」（十六）からであろう。

また、代助は、愛の告白に至るまでに、彼女の性交渉不能の問題について、考えたり悩んだりした形跡がない。そして、三千代も、そのことを理由に、愛の受容をためらった様子がない。それればかりでなく彼女の方からも、代助に自分の愛を伝えようとした気配もある。二人は、おたがいの愛といたわりによって、自分たちの心身の状態にふさわしい性の営みが可能だと考えていたのではないだろうか。

『満韓ところどころ』の再検討

一九〇九（明治四二）年九月二日から一〇月一七日まで、漱石は旧友の満鉄総裁・中村是公の招きに応じて、満州と韓国を旅行した。『満韓ところ〴〵』（『東京朝日新聞』一〇・二一〜一二・三〇）は、そのときの見聞をもとにして書いた紀行文である。

この紀行文は、漱石の作品中おそらく最も評価の低いもので、中国人・朝鮮人に対する蔑視と差別的表現があること、日本政府の対外的膨張政策や満鉄事業に対する批判が欠けていることなどの問題点がくり返し指摘されている。本稿では、これらの点を改めて検討してみたい。漱石は満韓旅行以前から、中国人・朝鮮人に対して差別感情を抱いていたのだろうか。

日本人ヲ観テ支那人ト云ハレルト厭ガルハ如何、支那人ハ日本人ヨリモ遥カニ名誉アル国民ナリ、（一九〇一・三・一六付「日記」）

韓国観光団百余名来る。諸新聞ノ記事皆軽侮の色あり、自分等が外国人に軽蔑せらるゝ事は棚へ上げると見えたり。（一九〇九・四・二六付「日記」）

他にも同じ趣旨の発言がある。漱石は、日本人が欧米人には卑屈な態度をとる一方で、中国人・朝鮮人を差別することをたしなめていたのである。

漱石は、日露戦後の政府の膨張政策を憂慮していた。『それから』（明治四二年）では、主人公の長井代助に、日本は「無理にも一等国の仲間入をしやうと」して「一等国丈《だけ》の間口を張っちまった」が、「牛《うし》と競争する蛙《かへる》と同じ事で、もう君、腹が裂けるよ」と語らせ、日本の将来に警告を発している。満鉄事業についても疑問をもっていたにちがいない。

米田利昭が指摘するように、『満韓ところ〴〵』は、『猫』『坊っちゃん』と同様、「自分と相手を共におとしめる」（「漱石の満韓旅行」『文学』一九七二年九月号）諧謔《かいぎゃく》の文体で書かれている。漱石は、満鉄について何も知らない世間知らずの「馬鹿《ばか》」（一）として自分をおとしめると共に、中村是公らの旧友から、「総裁」などの「えら過《す》ぎ」（二）る肩書をはぎとって、「揃《そろ》ひも揃《そろ》った馬鹿《ばか》の腕白《わんぱく》」（二四）であった学生時代の仲間にまでおとしめた。また、同じ文体によって、彼らが特権的支配層として日本ではできないぜいたくな暮らしをしていることをからかい、諷刺した。

漱石は是公との友情を傷つけたくはなかったが、彼の期待に応えて満鉄の「提灯持ちをする気はなかった」（夏目鏡子『漱石の思ひ出』一九二九年刊）。しかし、満鉄を無遠慮に批判すれば、当時急速に強化されてきた検閲にひっかかり、新聞社に迷惑をかける恐れもあった（同年五月六日新聞紙法施行）。漱石は、あくまで私的な遊覧旅行として紀行文を書き、満鉄事業の具体的内容や職員の仕事ぶりにはできるだけふれず、学生時代の回想談に多くの筆を費した。それは、旧友たちが高い地位についている現在よりももっと輝いていた時代であった。そのため、この作品は、発表当時社内から、『満韓ところ〴〵』ではなく、「漱石ところ〴〵」だという批評を受けた。漱石は、満鉄を書かないことによって満鉄を批判したのだ、という言い方もできるだろう。

　中国人に対する差別感情の露出としていつも非難されるのは、大連についたときにクーリーを見る場面である。「余」は「其大部分《そのだいぶぶん》は支那《しな》のクーリーで、一人《ひとり》見ても汚《きた》ならしいが、二人《ふたり》寄《よ》ると猶《なほ》見苦《みぐる》しい。斯《か》う沢山《たくさん》塊《かたま》ると更《さら》に不体裁《ふていさい》である」（四）という。

　前述したように、漱石は日本人の中国人・朝鮮人に対する差別感情を批判していた。この場面も、中国人を蔑視したものではなく、クーリーたちの、貧しくてもたくましく生きる生命力や生活力に対する親愛感をこめた揶揄であり、感嘆でもあった。しかし、諧謔の文体が「滑稽」から「軽蔑」へと変質することを防ぐためには、細心の注意が必要である。クーリーたちが御《ぎょ》する泥だらけの馬車は、「露助《ろすけ》」（四）が土の中に埋めて退却したものを「チャンが土《つち》の臭《におひ》を嗅《か》いで歩《ある》いて」（同）掘りおこしたという評判があるものだというくだりは、誇張表現のおもしろさに調子づいて、この「注意」がおろそかになったものといえよう。

中国人や朝鮮人の非衛生や貧困を指摘する「余」の感慨が問題にされることもある。しかし、それらは当時の満韓の現実であった。そして、漱石がそれらを隠蔽《いんぺい》しなかったからこそ、この作品は、「満韓の文明」の発展が日本国家の利益のためにすすめられたものであり、中国人・朝鮮人の生活の改善を図るためのものではなかったという満韓経営の本質を、ある程度写し出すことができたのである。

また、たとえば、「支那《しな》の河《かは》は無神経《むしんけい》である。人間《にんげん》に至っては固《もと》より無神経《むしんけい》で、古来《こらい》から此《この》泥水《どろみず》を飲《の》んで、悠然《いうぜん》と子を生んで今日迄《こんにちまで》栄《さか》えてゐる」（四十）などの非衛生の表現には、絶えず胃痛に悩んでいる「余」と対比して、中国人のもつ底知れぬエネルギーに対する漱石の驚きと畏れがこめられている。

この作品に描かれている中国人らは、日本人に迎合せず、生命力にみち、懸命にはたらいている。「余」は豆工場で見たクーリーについて、「殆《ほとん》ど運命《うんめい》の影《かげ》の如《ごと》く見《み》える」（同）という。ここも時に批判のあるところだが、もしも「余」が中国人の隷従の「運命」を当然視している人間であるなら、「しばらくするうちに妙《めう》に考《かんが》へたくなる」（同）はずがない。漱石は、中国人が将来自らの「運命」を変える力を秘めた「名誉アル国民」であると考え、そのことを暗に示したのである。

漱石と伊藤博文暗殺

一九〇九（明治四二）年一〇月二六日午前九時三〇分、初代韓国統監伊藤博文は哈爾濱《ハルピン》停車場で朝鮮独立運動家安重根《アンジュングン》に狙撃され、銃弾三発が命中、列車内に運ばれたが、一〇時に死去した。六九歳であった。

漱石は、伊藤博文暗殺の報道を読んで、どのような感想を抱いたのだろう。

漱石の談話に「昨日午前の日記」（『国民新聞』一〇月二九日付）がある。「昨日」というのは、伊藤の死がはじめて報じられた一〇月二七日のことであるが、談話の内容は大変奇妙なものである。と言うのは、「伊藤さんの死んだ顚末《てんまつ》のあるいろんな新聞の熟読をしてゐる」などと語っているのに、漱石自身の感想は一言も載っていないのである。伊藤に対して批判意識をもっていた漱石は、彼の死に対して素直に哀悼のことばを口にする気になれなかったのであろう。

漱石の著作に伊藤の名がはじめて出てくるのは『吾輩は猫である』第十章で、朝、細君からたたき起こされた主人が戸棚の袋戸の破れからはみ出した古新聞に目をとめて、読みたくなってくるところである。

第一に眼にとまったのが伊藤博文の逆か立ちである。上を見ると明治一一年九月廿八日とある。韓国統監も此時代から御布令《おふれ》の尻尾を追っ懸《か》けてあるいて居たと見える。大将此時分は何をして居たんだらうと、読めさうにない所を無理によむと大蔵卿とある。成程えらいものだ、いくら逆か立ちしても大蔵卿である。少し左の方を見ると今度は大蔵卿横になって昼寝をして居る。尤もだ。逆か立ちではさう長く続く気遣いはない。（『ホトトギス』一九〇六・四）

「吾輩」が「此時代から御布令《おふれ》の尻尾を追っ懸《か》けてあるいて居たと見える」と語っているのは、伊藤が若いときから太政官布告によって、明治政府の要職を歴任していることに感服したからだが、伊藤が「逆か立ち」をしたり「横になって昼寝」をしたりしているところには、伊藤の世俗的な評価を転倒しようとする漱石のアイロニーがこめられている。

漱石は、一九〇六（明治三九）年の「断片」に、次のように記している。

カノ元勲ナル者ハ自己ヲ以テ後世ニ示スニ足ル先例ト思フベシ。明治ノ歴史ニ於テ大ナル光彩ヲ放ツ人物ト思フベシ。大久保利通ガ死ンデ以来如何ニ小サクナリタルカヲ思ハズ。木戸孝允ガ今日ニ至ッテ忘レラレタルヲ思ハズ。気ノ毒ナ者ナリ

ここで漱石が言う「元勲」の中に、「大久保利通ガ死ンデ以来」常に明治政府の中枢にあった伊藤博文や山県有朋がふくまれていることは言うまでもない。漱石は、「元勲」たちの藩閥政治や彼らが引き起こした日清・日露戦争や日露戦後の対内外の政策に疑問や批判をもっていた。『野分』（『ホトトギス』一九〇七・一）では、主人公の白井道也に、今は「政治に伊藤侯や山県侯を顧みる時代ではない」と青年達に向かって演説をさせている。

また、一九〇九（明治四二）年五月三〇日の「日記」では、国際記者社交界での伊藤らの乾杯の辞を「空言」と批評している。なお、同年六月一七日の「日記」では、宮内省に勤めている俳人松根東洋城から、伊藤その他の元老が宮内省から五万円、一〇万円とむやみに金を取っていき、なくなると寄こせと言ってくるという話を聞いて、「人を馬鹿にしている」とおこっている。

このように、漱石は伊藤を政治家として高く評価し得ず、道徳的にも欠けるところのある人物と見ていた。また、伊藤暗殺の報道に接した漱石は、伊藤に対する韓国人の怒りのはげしさを感じ、日本政府の韓国統治政策は間違っているのではないかという疑いを濃くした。このことが「昨日午前の日記」が哀悼の辞のない奇妙な談話となった理由だと思われる。

小説『門』(『朝日新聞』一九一〇・三・一～六・一二)には、伊藤の暗殺が登場人物間の話題として出てくる場面がある。

主人公の野中宗助は伊藤暗殺の号外を見たとき、妻の御米《およね》の働いている台所へ出て来て「おい大変だ、伊藤さんが殺された」と言うが、「其《その》語気からいふと寧《むし》ろ落ち付いたものであった」と記されている。その後も宗助は、伊藤の死に対して全く他人事のような「平気」な態度をとりつづけているが、この一節には、漱石が伊藤の死に心を動かさなかったことが反映している。

暗殺の号外が出てから五、六日後、野中宗助夫妻と訪ねてきた宗助の弟小六がこの事件を話題にするが、「どうしてまあ、殺されたんでしょう」という御米《およね》の問いに対して、小六は「短銃《ピストル》をポン〳〵連発したのが命中したのです」などとトンチンカンな返事をしている。御米《およね》が暗殺の原因を知りたがっているのに対して、小六は暗殺の手段を説明しているのである。ここには、暗殺の手段や経過を報道するだけで、暗殺の原因を追究しない当時の新聞報道に対する漱石の不満がのぞいている。

また、宗助は、その会話の中で、「伊藤さんは殺されたから、歴史的に偉《えら》い人《ひと》になれるのさ。たゞ死んで御覧、斯《こ》うは行かないよ」などと語っている。伊藤は本来なら「歴史的に偉《えら》い人《ひと》」にはなれない人物だが、外国で殺されるという華々しい最期を遂げたことによって歴史的偉人の仲間入りができるのではないか。ここには、漱石のこのような皮肉な見方が表れている。

漱石と広瀬中佐

漱石は、日露戦争の初期に敢行された旅順港閉塞作戦と広瀬武夫中佐の戦死には、強い印象を受けていた。漱石の新体詩「従軍行」の第四連にも、この事件の投影が見られる。

しかし、その後、この作戦に失敗した広瀬中佐の英雄的な行動がたたえられ、「軍神」としてあがめられていることに疑問を持ちはじめたようである。『文学論』（一九〇七年）では、文学作品の寿命は単にその価値によって支配されるばかりでなく、それ以外にも「時の前後」という因数によっても左右されると述べたのち、広瀬中佐の例を引いている。

広瀬中佐は、第一回（一九〇四・二・二四）から閉塞作戦に参加し、第二回作戦（三・二七）で戦死した。それは日露戦争における中堅将校の死としては最初のものだったので、政府の受けた衝撃は大きく、軍隊の士気を低下させないためにも、「軍神」化が必要だったのである。漱石は、「時の前後」が原因で、広瀬中佐の行動が価値以上の扱いを受けているのではないかと感じていた。

『それから』（一九〇九年）では、主人公の長井代助が友人の平岡にこう語っている。

広瀬中佐は日露戦争のときに、閉塞隊に加はって斃《たお》れたため、当時の人から偶像視《アイドル》されて、とう〳〵軍神と迄崇《あが》められた。けれども、四五年後の今日《こんにち》に至って見ると、もう軍神広瀬中佐の名を口《くち》にするものも殆んどなくなって仕舞った。英雄《ヒーロー》の流行廃《はやりすたり》はこれ程急劇《きゅうげき》なものである。（一三）

これは漱石自身の感想と見てよいだろう。このころの彼は、「軍神広瀬中佐の名を口《くち》にするものも殆んどなくなって仕舞った」ことを、時代の推移による当然の現象と見ていた。ところが、一九一〇（明治四三）年以後、軍神広瀬中佐は復活する。

この年の四月から第二期の国定教科書の使用がはじまったが、修身教科書に広瀬中佐の美談「ヤクソク　ヲ　マモレ」（巻二）が出た。また、「チュウギ」（巻二）では、閉塞作戦がとりあげられている。国語教科書には「広瀬中佐」（巻七）が載った。なお、海軍の広瀬以外にも、陸軍の「橘中佐」（巻八）、乃木大将をたたえる「水師営《すいしえい》の会見」（巻一〇）、東郷大将を賛美する「日本海海戦」（巻一二）など、日露戦争を題材にしたものをはじめ軍事教材が大幅にふえた。

また、広瀬中佐を上に杉野兵曹長を下に配した銅像が東京神田須田町の万世橋《まんせいばし》畔に建てられ、この年の五月二九日に除幕式が挙行された。銅像の建設によって軍神広瀬の姿を永久にとどめようとするこの企ては、漱石にとってあまり愉快なものではなかったと思われる。「銅像迄《まで》建てられた」（「艇長の遺書と中佐の詩」『東京朝日新聞』一九一〇・七・二四付）という表現にも、彼の不快感がにじんでいる。

同年四月一五日、佐久間勉大尉が山口県新湊沖で、第六潜水艇に乗って潜航訓練中に艇の故障で殉職した。この事故は新聞などで大きく報道され、佐久間艇長の遺書との関連で広瀬中佐が閉塞作戦出発前に書き残したとされる詩がとりあげられることもあった。

漱石は、評論「艇長の遺書と中佐の詩」において、「遺書」と「詩」を比較している。彼は、今後の参考に供するために苦しい息の下で残した艇長の遺書に「極度の誠実心」を見て、「自分のために書き残したのでなくて他《ひと》の為に苦痛に堪へた」ものとして「名文」と呼んでいる。

一方、広瀬中佐の詩は、「七生報国、一死心堅、再期成功、含笑上船」というものである。漱石は、この詩について、「露骨に言へば中佐の詩は拙悪《せつあく》と言はんより寧《むし》ろ陳套《ちんたう》を極めたものである」と断定する。さらに、

中佐は詩を残す必要のない軍人である。しかも其《その》詩は誰にでも作れる個性のないものである。のみならず彼《あ》の様な詩を作るものに限って決して壮烈の挙動を敢《あへ》てし得ない、即ち単な

る自己広告のために作る人が多さうに思はれるのである。其《その》内容が如何《いか》にも偉さうだからである。又偉がってゐるからである。

と罵倒に近い評価を下している。たしかに漱石が言うように、中佐の詩は全体として「俗悪で陳腐で生きた個人の面影《おもかげ》がない」ものである。彼が「偉がってゐる」と言って嫌ったのは、特に結句の「含笑上船」であったにちがいない。漱石は、この評論を、

余は中佐の敢《あへ》てせる旅順閉塞の行為に一点虚偽の疑ひを挟《さしはさ》むを好まぬものである。だから好んで罪を中佐の詩に嫁《か》するのである。

と結んでいる。「罪」は「詩」だけにあるとして、広瀬中佐の「行為」は称賛しているかのようである。しかし、それまでの激しく辛辣《しんらつ》な詩評とこの結語との間には、明らかに矛盾が感じられる。漱石はやはり、先に『文学論』で述べたように、広瀬中佐が実際の価値以上の扱いを受けているのではないかという疑念を払拭《ふっしょく》することができなかったのであろう。小森陽一は、『日露戦争の記憶、記憶の中の日露戦争』の中で、「軍神広瀬中佐」報道が当局による一種の情報操作であったことをくわしく考察している（小森陽一・成田龍一編著『日露戦争スタディーズ』

二〇〇四年)。

漱石は、「軍神」を復活させたり新たに作り出したりして、国家のために戦死することを最高の名誉だと考えるように国民を教化しようとする政府・文部省に対する批判を、「罪を中佐の詩に嫁《か》する」という方法で述べたのだと思われる。

ちなみに、一九一二(明治四五)年以降、「轟く砲音《つつおと》　飛び来る弾丸《だんがん》」に始まる文部省唱歌「広瀬中佐」(作詞作曲不詳)が音楽教科書(尋常小四年生用)に収録されて、軍神広瀬の神格化に寄与した。

『門』の中の京都

一　伏線の中の京都

漱石の『門』（一九一〇年）は全部で二三章から成る長編小説だが、その一部で、京都が作品の舞台として採り上げられている。

主人公の野中宗助は東京市の下級官吏で、あまり日の当たらない「崖下《がけした》」（二）の家に住み、妻の御米《およね》と二人でひっそりと暮らしている。彼らは仲の良い夫婦だが、忘れてしまうことのできない過去があり、漠然とした不安や罪の意識が去らない。この「過去」の事件の全貌が明らかになるのは第十四章においてであるが、京都がその舞台となっている。また、「過去」は第十四章になって「唐突」（田山花袋「夏目漱石氏の『門』」『文章世界』明治四四・四）に示されるのではなく、それまでにも、事件を示唆する伏線がていねいに張りめぐらされている。ここでは、「京都」が事件の舞台であったことを暗示する伏線をいくつか指摘しておきたい。

第二章には、ある日曜日（一九〇九年一〇月三一日）の午後、宗助が散歩に出かけるところがある。彼は、「京都の襟新《えりしん》と云ふ家《うち》の出店《でみせ》の前で、窓硝子《まどがらす》へ帽子の鍔《つば》を突《つ》き付《つ》ける様に近く寄《よ》せて、精巧に刺繍《ぬひ》をした半襟《はんえり》を、いつ迄も眺めてゐた。その中《うち》に丁度細君（御米《およね》）に似合《にあ》ひさうな上品なのがあった。買って行って遣《や》らうかといふ気が一寸起るや否や、そりゃ、五六年前の事だと云ふ考が後《あと》から出《で》て来《き》て、折角心持の好《い》い思い付《つき》をすぐ揉《も》み消して仕舞った」という。「襟新」は、ゑり善（京都市下京区四条御旅町）からの思いつきであろう。ゑり善は一五八四（天正一二）年創業の老舗《しにせ》の呉服店で、はじめは半襟だけを扱っていたので、この名がある。宗助が「いつ迄も眺めてゐた」のは、「女の半襟」の「精巧」さに見とれていたからばかりではなく、「京都の襟新の出店」ということから、本店のある京都時代の体験を思い起こしていたのにちがいない。宗助は御米に「五六年前」に「襟新」の本店で半襟を買ってやったことがあったのだろう。だから今も買って行ってやろうという気を一寸起こしたのだが、現在の地味でつつましく暮らしている彼女には、この半襟は似合わないのではないかと思い直したのだと思われる。

第四章では、宗助の生い立ちや家庭の事情などが語られる。彼は東京生まれで、かなりの資産家の長男だが、「ある事情のために、一年の時京都へ転学した」とあって、京都帝国大学へ入学したことが知らされる。もっとも、どんな事情なのかは明かされない。このとき、宗助の母は三年程前に亡くなっており、家には、彼の他に父と二二、三になる妾と、一一、三になる弟の小六がいた。あるいは、宗助は、妾が同居するこの家に居心地の悪さを感じていたのかもしれない。なお、この章には、「二年の時宗助は大学を去らなければならない事《こと》になった。東京の家《うち》へも帰へれない事になった」とあるが、その理由は、まだ伏せられている。

第五章には、あるとき、宗助が歯医者の待合室で『成効《せいこう》』という雑誌を手に取る場面がある。立身出世への道を閉ざされた宗助と『成効』とは「非常に縁の遠いものであった」が、ふと「風碧落《かぜへきらく》を吹《ふ》いて浮雲《ふうん》尽《つ》き、月東山《つきとうざん》に上《のぼ》って玉一団《ぎょくいちだん》」という句が目にとまり、「斯《こ》んな景色と同じ様な心持になれたら、人間も嘸《さぞ》嬉しからう」と心を動かす。「彼の生活は実際此四五年来斯《こ》ういふ景色に出逢った事がなかった」という。月刊誌『成効』の明治四三年元旦号には、「風吹碧落浮雲尽　月上青山玉一団」という句が見られる。出典は『禅林句集』である（玉井敬之「注解」『漱石全集』第六巻、一九九四年）。この一節は、宗助がすでに禅の悟りの境地に関心や憧憬をもっていたことを示しており、のちに（第十八～二十一章）救済を求めて参禅することの伏線として、よく指摘される。

なお、雑誌『成効』でも、『禅林句集』でも、この句は「青山」となっていて、『門』の「東山」とは異なっている。私は、この異同は漱石の記憶違いなどではなく、「此四五年来斯《こ》ういふ景色に出逢った事がなかった」という叙述からみて、漱石が京都の東山を連想して改変したのではないかと考えている。のちに（第十四章）語られるように、宗助は、大学一年のとき、「東山に出《で》る静かな月《つき》を見た。さうして京都の月《つき》は東京の月《つき》よりも丸《まる》くて大《おお》きい様に感じた」ことがあった。「月東山《つきとうざん》に上《のぼ》って玉一団《ぎょくいちだん》」という句を見た宗助は、このときの「景色」を思い出し、京都で暮らしはじめた頃のような不安のない晴《は》れ晴《ば》れとした心境をとりもどしたいと、心から願ったのである。

二　事件の中の京都

第十四章に至って、宗助と、友人の安井と、安井の連れ合いであった御米《およね》の三人をめぐる「過去」の事件がまとめて提示される。

京都帝国大学に入学した宗助は、講義のときに隣り合わせに並んだことなどをきっかけに、安井という男と懇意になった。宗助は安井の案内で、新しい土地を方々歩いた。安井が案内役を勤めたということは、彼が宗助よりも早くから京都にいたことを示している。そこで、玉井敬之は、安井を京都の高等学校の出身者とする可能性を指摘するとともに、「郷里の福井」や「長く横浜に居た」という事実とどう繋がるのかという疑問を呈している（「『門』―過去と現在のドラマ」『国文学』一九九二・五）。ここでは、安井は郷里の福井の小学校を卒業後、両親とともに横浜へ出て中学校時代を過ごし、京都の三高を経て京大へ入学したものと推測しておきたい。

宗助が安井と歩いた京都の様子は、にぎやかな町中や美しい自然につつまれた郊外の趣などが簡潔に描かれている。また、「ある時は大悲閣へ登《のぼ》って、即非《そくひ》の額《がく》の下《した》に仰向《あおむ》きながら、谷《たに》底《そこ》の流を下《くだ》る艪《ろ》の音《おと》を聞《き》いた。其音《おと》が雁《かり》の鳴《なき》声によく似てゐるのを二人とも面白がった」と「大悲閣」が採り上げられていることも注意を引く。嵐山の中腹にある大悲閣は、正しくは千光寺といい、黄檗宗に属する。慶長年間に大堰川《おおいがわ》・保津川をきりひらいて舟や筏《いかだ》を通した角倉了《すみのくらりょう》以《い》（一五五四―一六一四）が工事で殉難した人々を弔うために創建したもので、千手観世音菩薩を本尊とし、脇壇には、右手に石割斧《いしわりおの》を持ち片膝《かたひざ》を立てた法衣姿の角倉了意像を安置している。即非は明代の禅僧（一六一六―一六七一）で隠元に従って渡来し、黄檗宗を広めた。黄檗の三筆の一人と称され、書に秀でていた。安井は宗助に大悲閣の歴史や禅宗（黄檗宗）や即非や角倉了以などについて、くわしく熱心に説明したにちがいない（野網麻利子『夏目漱石の時間の創出』二〇一二・三）。宗助が仏教や禅などに関心をもちはじめたのは、このときからではないかとも思われる。

第一学年が終わり、宗助と安井は再会を約して別れた。安井は、「一先《ひとまず》郷里の福井へ帰《かへ》って、夫《それ》から横浜へ行《ゆ》く積《つも》りだから、もし其時には手紙を出《だ》して通知をしやう、さうして成るべくなら一所の汽車で京都へ下《くだ》らう、もし時間が許すなら、興津《おきつ》あたりで泊《とま》って（中略）緩《ゆっ》くり遊《あそ》んで行《い》かう」と提案し、宗助も賛成した。安井はその後一枚の葉書さえ寄こさなかったが、宗助がいよいよ東京を出発するという間際に「少し事情があって先《さき》へ立《た》たなければならない事《こと》になったから」という断りの手紙を送って来た。宗助は、安井と約束していた清見寺（臨済宗）や龍華寺（日蓮宗）などを見物して、「京都へ行ってから安井に話す材料を出来る丈拵《だけこしら》へた」という。安井の影響で、宗助の仏教や禅についての教養と関心が深まり、それらについて二人で語り合うことが彼らの楽しみの一つになっていたのである。ここには、のちの参禅に連なる心情がうかがえる。宗助の参禅は、時に批判を受けるような不自然な展開ではないだろう。

宗助が京都へもどったときには、安井はまだ着いておらず、約一週間くらい後に、ようやく会うことができた。宗助が安井の借りた「京都に共通な暗《くら》い陰気な作《つく》り」の貸家を尋ねたとき、その家へ入る「粗《あら》い縞《しま》の浴衣《ゆかた》を着《き》た女《をんな》の影《かげ》」をちらりと見た。だが、安井は、女のことについて一言も口にしなかった。一週間ばかり過ぎて、宗助がまた安井の家を訪れたとき、安井は突然「僕の妹だ」と言って御米を紹介した。宗助は、本当は安井の妻ではないかと「臆断」したが、訪問をくりかえすうちに、御米との間は少しずつ接近して、冗談を言い合うような親しみが生まれた。

御米の生い立ちや家庭の事情については、「横浜に長く」住んでいたということ以外には、何も知らされない。彼女の言葉は、「東京の様な、東京でない様な、現代の女学生に共通な一種の調子を持つてゐる」（一）というから、東京で生まれ育ち、横浜の高等女学校を卒業したのであろう。安井は、横浜での中学校時代に彼女と知り合って交際をつづけ、大学一年の終わりの夏休みに御米の父に彼女との結婚を申し入れたが、同意が得られなかったのではないか。石原千秋は、「二人は、駆け落ちに近い形で京都に逃れて来て、内縁関係に留まっている可能性が高い」（「〈家〉の不在―『門』論」『日本の文学』八集　一九九〇・一二）としている。

その年の秋、宗助は、安井と御米の三人で郊外へ遊びに行ったことがある。

京都の秋を繰りかえす興味に乏しかった宗助は、安井と御米に誘われて茸狩《たけがり》に行った時《とき》、朗《ほが》らかな空気のうちに又新《あたら》しい香《にほひ》を見出《みいだ》した。紅葉も三人で観《み》た。嵯峨《さが》から山《やま》を抜けて高雄へ歩く途中で、御米は着物の裾《すそ》を捲《ま》くって、長襦袢丈《たけ》を足袋《たび》の上迄《うへまで》牽《ひ》いて、細い傘《かさ》を杖にした。山《やま》の上《うへ》から一町も下《した》に見える流れに日《ひ》が射《さ》して、水《みず》の底《そこ》が明《あき》らかに遠くから透《す》かされた時、御米は

「京都は好《い》い所ね」と云って二人《ふたり》を顧みた。それを一所に眺《なが》めた宗助にも、京都は全く好《い》い所の様に思はれた。

京都を「狭い」「古臭い所」と感じはじめていた宗助が、「京都は全く好《い》い所の様に思はれた」のは、すでに無意識のうちに御米に心をひかれ、「暖《あたた》かな若《わか》い血」がひそかに「活動」をはじ

めていたからである。「着物の裾を捲くって、長襦袢丈《たけ》を足袋《たび》の上迄《うへまで》牽《ひ》い」た御米の美しい姿を宗助が記憶にとどめているところにも、その「活動」が表れている。宗助と御米が家の中で顔を合わせることもしばしばあった。宗助が安井の留守に座敷に上がりこんで長話をしたり、御米が宗助の下宿にやって来て、ゆっくりくつろいだ話をしたりすることもあった。二人のおたがいに対する好感が深まっていったことがうかがえる。

　その冬の終わりの頃、宗助と御米は結ばれる。その事件は、「事《こと》は冬の下から春の頭を擡《もた》げる時分に始まって、散り尽くした桜の花が若葉に色を渇《か》へる頃に終った。（中略）大風《おほかぜ》は突然不用意の二人《ふたり》を吹き倒したのである」という短い言葉によって要約されている。宗助にとって御米は、人生ではじめて出会った「運命」の女であった。宗助の彼女に対する好感とともに恋情が高まり、「暖《あたた》かな若い血」が「大風《おほかぜ》」のような「情熱を焚《た》き尽《つく》す程《ほど》の烈しい活動」を呼び起こしたのであろう。だが、安井と駆け落ちして同棲を始めてからあまり間もない御米の場合はどうだったのだろうか。前述したような宗助に対する好感が深まる一方で、御米の心には、安井に対するある種の反感が芽生えていたのではないだろうか。安井は、はじめ彼女が来客の前に出ることをあまり好まなかった。また、彼女を宗助に（おそらく他の人々にも）「妹」として紹介した。人前では二人が夫婦であることを隠し通した。安井にとっては照れ隠しであったかもしれないが、このことが彼女を傷つけた。自分は「妻」としての資格がない人間だと思われているのだろうかという不安と屈辱感が安井への反感を生み、宗助の一途な「情熱」に応える結果をもたらしたのかもしれない。

『門』の中の京都は、宗助・御米・安井のその後の人生に決定的な影響を及ぼした「事件」が演じられた場所であった。また、のちに、罪からの救済を求めて修行におもむいた宗助の、——結果としては失敗に終わるが、——禅への関心が生まれ育った場所でもあった。

Ⅲ　漱石と明治の終焉

明治天皇の死と漱石

一　明治天皇の重態と漱石の天皇観・皇室観

漱石は、一九一二（明治四五）年七月二〇日の「日記」に、こう書いている。

晩天子重患の号外を手にす。尿毒症の由《よし》にて昏睡状態の旨報ぜらる。川開きの催し差留られたり。天子未《いま》だ崩せず川開きを禁ずるの必要なし。細民是が為に困るもの多からん。当局者の没常識驚くべし。演劇其他の興行もの停止とか停止せぬとかにて騒ぐ有様也。天子の病は万臣の同情に価す。然れども万民の営業直接天子の病気に害を与へざる限りは進行して然るべし。当局之に対して干渉がましき事をなすべきにあらず。

この日、天皇の「御不例《ごふれい》」が宮内省から発表されると、警視庁は恒例の両国の川開きを禁止した。漱石は、貧しい庶民の生活実態を無視した当局者の「干渉」を非難している。彼の「同情」は天皇の病気とともに、「細民」の困窮にも向けられていた。彼は、次のように続けている。

　新聞紙を見れば彼等異口同音《いくどうおん》に曰く都下闃寂《げきせき》火の消えたるが如しと。妄《みだ》りに狼狽《ろうばい》して無理に火を消して置きながら自然の勢で火の消えたるが如しと吹聴す。天子の徳を頌《しょう》する（ほめたたえる―引用者）所以《ゆえん》にあらず。却《かえ》って其徳を傷《きず》くる仕業也。

たとえば、『国民新聞』（七月二〇日付）は、

　我が東京市民の如きも、当局者の命令を俟《ま》たず、自から節制して、謹慎を表しつゝあるは寔《まこと》に殊勝の儀と存候（徳富蘇峰「東京だより」）

などと報じている。漱石は、当局者の「干渉」や「命令」による東京市民の「謹慎」を、あたかも自発的な行動であるかのように記している諸新聞の阿諛《あゆ》的な虚偽の報道をとがめている。
　このようにマスメディアを通じた伝達によって、全国すみずみまで自粛ムードが浸透していった。『こゝろ』（一九一四年）の中にも、七月に東京帝国大学を卒業して帰郷した私を迎えて、

両親が卒業祝いを計画し、村の慣習を重んじる父とそれにさからう私との対立と和解を経て、ようやくその日取りが決まるが、「明治天皇の御病気の報知」(中三)のために、「一軒の田舎《いなか》家《や》のうちに多少の曲折《せつ》を経《へ》て漸《(ようや)》く纏《まと》まらうとした私の卒業祝を塵《ちり》の如《ごと》くに吹き払った」(同)という場面がある。

漱石の天皇観・皇室観は、「行啓能」を観に行ったあとの感想によく表れている。

皇室は神の集合にあらず。近づき易く親しみ易くして我等の同情に訴へて敬愛の念を得らるべし。夫《それ》が一番堅固なる方法也。夫《それ》が一番長持のする方法也。政府及び宮内官吏の遣口もし当を失すれば皇室は愈《いよいよ》重かるべし而して同時に愈《いよいよ》臣民のハートより離れ去るべし。(同年六月一〇日付「日記」)

漱石は、「皇室は神の集合にあらず」として、明治政府や宮内省の官吏が天皇や皇室を神的権威として畏敬させようとする「遣口」を当を失したものとして否定している。彼は、私見によれば、「趣味の遺伝」では天皇の戦争責任を暗示したが(本書「漱石の厭戦小説」参照)、天皇の存在は認めていた。だが、天皇制の「天壌無窮」などは信じていなかった。「夫《それ》が一番長持のする方法也」という言葉がそのことを示している。「二百十日」で圭さんにフランス革命を是認させた漱石は、天皇や皇室が存続するためには、国民の「同情」に訴えて、親近感や敬愛の念を得るように努めなければならないと考えていた。

二　明治天皇の死と乃木大将の殉死

明治天皇は、七月三〇日に死去した。死因は、日露戦争前後からの慢性腎臓炎の悪化が尿毒症に至ったものであった。漱石は、三一日の新聞記事から「改元の詔書」「朝見式詔勅」「陸海軍人への詔勅」「朝見式詔勅への西園寺首相の奉答文」を日記に書き写すなどの関心を示しているが、諸新聞の天皇関係の報道には、かなり違和感を抱いていた。八月八日付の森円月宛の手紙には、

国民（『国民新聞』—引用者）は此度の事件にて最もオベツカを使ふ新聞に候オベツカを上手の編輯《へんしゅう》といへば彼の右に出るもの無之《これなく》候　いづれにしても諸新聞の天皇及び宮廷に対す言葉使ひ極度に仰山《ぎょうさん》過ぎて見ともなく又読みづらく候

と書いている。諸新聞（特に『国民新聞』）の報道の迎合や誇張や偽善に対する批判には、漱石

の変わらぬ自主独立の精神が表れている。

一方、同じ手紙の中に、「明治のなくなったのは御同様何だか心細く候」という一文があることも見落とせないが、森円月が「心細い」と言ったことばに同意して、漱石がふと洩らした心細さが深刻なものではなかったことは、明治天皇の死去前後の彼の行動からもうかがえる。彼は、天皇重態の号外が出た翌日の七月二一日には、鎌倉材木座紅ヶ谷に一軒家を借り、一家を連れて避暑に出かけた。二二日に一旦東京に帰ったが、天皇死去三日後の八月二日に再び鎌倉に行き、海水浴をして四日に帰京している。八月一〇日付の寺田寅彦宛の手紙には、「久し振《ぶり》に海に入るのはよい心持に候。海を見た丈《だけ》にても気分が晴々致し候」とある。

明治天皇の大葬が行われた九月一三日、乃木希典夫妻が殉死した。しかし、そのころの漱石の日記・断片・書簡などを見ても、この事件に言及した記述はない。ただ一つの例外は、九月二八日付の小宮豊隆に宛てた手紙の中に、

僕の手術（痔《じ》の手術―引用者）は乃木大将の自殺と同じ位の苦しみあるものと御承知ありて崇高なる御同情を賜はり度候

というユーモラスな一文があるだけである。漱石が乃木大将の殉死から大きな衝撃を受けた気

配は特に見当たらない。

このように漱石は、明治天皇の死や乃木大将の殉死を、おおむね同情をもって冷静に見つめ、普段と変わらない生活を営んでいた。もっとも、『こゝろ』には、先生の遺書の中に、「自分の運命の犠牲として、妻《さい》の天寿を奪《うば》ふなど丶いふ手荒《あら》な所作《しょさ》は、考へてさへ恐《おそ》ろしかつたのです」（下五五）という一文があり、ここに夫人を道連れにして自刃した乃木大将への漱石の批判が込められていることは、よく指摘されている（平岡敏夫「『こゝろ』の漱石」『漱石序説』一九七六年ほか）。漱石は、また、東京市民への当局者の「干渉」や諸新聞の「オベツカを使ふ」報道にきびしい点検と批判の目を向けている。

しかし、「維新の革命と同時に生まれた余から見ると、明治の歴史は即ち余の歴史である」（「マードック先生の日本歴史」）と思い、「明治の歴史」に関心と責任感を持っていた漱石は、「明治」が過ぎ去った今、改めて「明治とはどういう時代だったのか」「次の時代はどのようにあるべきか」を考えてみたいという切実な思いを抱いたにちがいない。その問いに対する解答の試みが、明治天皇の死から、約二年後に書き終えた『心《こゝろ》』（『朝日新聞』一九一四・四・二〇〜八・一一）であった。

『こゝろ』

――「明治の精神」と先生没後の私――

『こゝろ』（一九一四年）の先生の自殺に直接のきっかけを与えたものは、明治天皇の死去であった。先生は、妻に向かって「もし自分が殉死するならば、明治の精神に殉死する積《つもり》だ」（下五十六）と「笑談」（同）のように語っていたが、乃木大将夫妻の殉死の数日後に自殺の決心を固めたという。

「明治の精神」についてはさまざまな解釈があるが、筆者は、古い明治以前の精神と新しい大正以降の精神との間にあると先生が想定した過渡期の時代精神であり、前近代的な儒教的・武士的精神と近代的な個人主義的・自由主義的精神とが併存する、漱石の言う「海陸両棲動物」（「文芸と道徳」一九一一年）の精神だと解釈している。先生の自殺を明治天皇への殉死であるかのようにとらえる見解がないわけではないが、先生が「乃木さんの死《し》んだ理由が能《よ》く解《わか》らない」（下五十六）と語っていることを見落としてはならないだろう。先生は、「明治の精神」が過ぎ去った今、自分がこの世で果たすべき役割も終わったと感じた。また、自分の罪を償うときがきたと思った。先生は、自分が一体感をもっていた「明治の精神」と、やはりその体現者のひとりであったＫの後を追って死のうと考えた。それは、いわば「明治の精神」に「殉死」することであり、その中の価値あるものを、次の時代を担う「真面目」（下二）な青年の大正以降の精神の中に生かしてもらうことであった。

　ところで、青年の私は、先生との交際や遺書からどのような「生きた教訓」（下二）を得て、その後どう生きたのだろうか。

　まず私は、先生が身をもって示していた「明治の精神」の一側面である「自由と独立と己《おの》れ」（上十四）を尊重する個人主義的・自由主義的精神の重要性と問題点を学んだと思われる。私は、先生が叔父の勧める愛のない結婚を断り自分が「恋」をしたお嬢さんとの結婚を望んだこと、養家の意向にそむいて自分の道を歩もうとしたＫを支援したこと、「学校の講義よりも先生の談話の方が有益」（上十四）だと思わせたほどの独自の豊かな「学問や思想」（上十一）を身につけていたことなどに共感と敬愛の念を抱き、改めてこの精神の重要性を知った。

　しかし、私は、「己《おの》れ」が利欲や敵対的競争心などによって毒されると、思いがけない「利己心の発現」（下四十一）を招くという、この精神のもつ問題点にも気づかされた。先生の叔父は「金」のために先生に対する愛情を失って、その財産を横領した。先生もまた「恋」のために、Ｋに対する友情を失って卑怯な競争に走り、Ｋを自殺へ追いやって自滅への道を歩んだ。私は、自分の「己《おの》れ」を大切にするとともに、他人の「己《おの》れ」をも大切にしなければならないことを思い知らされた。

また、私は、「自由と独立と己《おの》れとに充ちた現代」（上十四）の精神は「淋しみ」（同）を不可避とすることを知った。かといって、私の父のように、家や村や国家と一体化することによってそれから逃れようとすれば、「己《おの》れ」が「自由と独立」とを失ってしまう。私は、「己《おの》れ」を生かすためには、「淋しみ」に耐えて「人間を愛し得る人」（上六）になり、「仕事」（上十一）やその他の社会的活動を通じて「世間に向かって働らき掛け」（同）る必要があることを痛感したと思われる。

一方、私は、「明治の精神」の他の一側面である儒教的・武士的精神＝「道学」（下二十九）の精神の問題点などを学んだにちがいない。先生は、「道学」の抑制のために、自分の恋を相手の女性（静）や親友のKに率直に打ち明けることができず、自分の過ちをKに謝罪することができず、悲劇を回避する機会を逸した。また、先生は、「妻《さい》が己《おの》れの過去に対《たい》してもつ記憶を、なるべく純白に保存して置《お》いて遣《や》りたい」（下五十六）という思いから、妻に秘密を告白することができなかった。こうして先生の静への愛は、「信仰に近い愛」（下十四）という下からの女性崇拝にはじまり、結婚後は上からの女性庇護となった。ここには、前近代的な男尊女卑思想と近代的な男女平等思想との混在があり、必ずしも対等な個人と個人との結びつきとは言えなかった。

さらに、先生は、「道学」のもつ厳格主義《リゴリズム》の呪縛のために、自分の罪を赦すことができなかった。私は、先生の叔父のように、罪を犯しながら何の反省もしないで生きている人間も多いなかで、誰も知る者がいないにもかかわらず、自分の罪に悩みつづけた先生の倫理的潔癖に対して心を動かされた。しかし、先生が自分の「生命」(上十二)を破壊することによって、奥さん(静)の「幸福」(同)までも破壊してしまったことについては、批判せざるを得なかった。

私がこの手記(『こゝろ』上・中)を書いた一九一四(大正三)年頃は、大正デモクラシーの潮流が顕在化しはじめた時代であった。大正デモクラシーは、日比谷焼打事件(一九〇五年)や東京市電運賃値上げ反対運動(一九〇六年)を前兆として、私見によれば漱石の講演「模倣と独立」にその投影が見られる大正政変(一九一三年)に最初の高揚を見せた。「現代の思想問題」(下二)について先生に議論を向けたこともあり、先生とは違って群衆を忌避する心情をもたない(上二)私が、その後大正デモクラシーの担い手のひとりになっていくことを想像しても、決して不自然ではない。

ともあれ、先生没後の私は、先生との交際や遺書を「善悪ともに」(下五十六)「参考」(同)にして、「明治の精神」を大正以降の精神の中に批判的に継承し、先生を乗り越えて成長することに努めたものと思われる。

わが作品を語る

――『夏目漱石「こゝろ」を読みなおす』――

『こゝろ』は漱石の作品の中で最もよく読まれている小説であり、高校国語教科書の定番教材でもある。すでに日本近代文学の古典としての地位を獲得したといってもよい。したがって、『こゝろ』について書かれた論文・評論・解説の類はすでに膨大な数にのぼっているが、古典的な文学作品は、時代とともに繰り返し読み直され解釈し直されつづけるのが常である。拙著『夏目漱石「こゝろ」を読みなおす』（二〇〇五年　平凡社新書）は、『こゝろ』の構造やあらすじを紹介するとともに、「先生」「K」「私」など登場人物の心理や行動を彼らが生きた時代と社会の中に置いて改めて解釈しようとしたものである。解釈にあたって特に力を入れたことは、次の三点である。

一つめは、先生が殉じたという「明治の精神」を天皇崇拝の精神や保守的国家主義と結びつけることの誤りを明らかにしようとした点である。拙著では、先生が当時の家庭教育や学校教育などを通じて身につけていった精神形成のあとをたどり、「明治の精神」とは、「自由と独立と己れ」を尊重する個人主義的精神と儒教的・武士道的精神（「道学」）とが葛藤しながら共存する精神であり、過渡期の時代精神であると見た。先生は「人間らしい」生き方を求め「人間を愛し得る人」になろうとする個人主義的倫理を信条としたが、「道学」の抑制によって自分の恋を相手の女性（静）にも親友のKにも告白することができず、利己心に駆られて親友を裏切ってその死を招き、「道学」のもつ厳格主義の呪縛のために自分の罪をゆるすことができず、孤絶感に陥り自殺した。

二つめは、『こゝろ』が人間の内部に潜む我執の剔抉《てつけつ》だけを意図した作品ではないことを明らかにしようとした点である。漱石は、いつも人間の内部と外部とを総体的に相互関連的に追究することを忘れない作家であった。「こゝろ」においても、資本主義が急激に発達して村共同体が崩壊し、国家権力と財閥との癒着関係が次第に強まっていった「明治の現実」のなかで、「金」を見て「急に悪人に変」わった先生の叔父のような拝金主義や、お嬢さん（静）への恋をきっかけにして幼い頃からのKとの友情を破壊した先生の敵対的競争心が生まれ、個人主義が利己主義に変質したことを描き出している。このような「明治の現実」は、漱石が『吾輩は猫である』以来一貫して追及しつづけたものであった。

三つめは、『こゝろ』が決して未来に対する明るい展望を欠いた作品ではないことを明らかにしようとした点である。この小説が先生やKの自殺を深刻に描いていることから作者の人間性に対する暗い絶望を読み取る解釈もあるが、漱石が常に次の時代を担う青年に期待をかけ続けた作家であることを忘れてはならないであろう。語り手の私は、単に先生の紹介者として設定された人物ではなく、先生との交際や遺書から「生きた教訓」を得て、先生をのりこえて生きる後継者としても描かれており、先生と同様に私も漱石の分身なのである。私は先生から「明治の精神」の一面である個人主義的精神の長所を学び取るとともに、他の一面である儒教的・武士道的精神を「一時代前の因襲」として批判し、その規制から自由になっていった。そして、先生の死後、先生とは違って現実に対して開かれた関心をもっていた私は、大正デモクラシーの時代思潮のなかで、著述やその他の社会的活動を通じて、「自由と独立と己れ」を尊重するとともに、「人間を愛し得る人」たちと連帯して、近代日本の現実を少しでも改善することをめざしたであろうというのが、拙著の提示した仮説である。

『こゝろ』には、私たち読者が現代をより深く生きるための示唆が豊かにふくまれている。また、拙著では、『こゝろ』を教材として授業するときに生徒からよく出される疑問点や問題点を取り上げてていねいに読み解くことにも留意した。一人でも多くの方に読んでいただければ幸いである。

漱石の〝戦争観〟に学ぶ

昭和の悲惨な戦争を予測し

夏目漱石（一八六七〜一九一六）は、その生涯において、三度の対外戦争を体験した。日清・日露、第一次世界大戦である。

漱石の〝戦争観〟には、現代から見れば、「従軍行」など、時代的制約を感じさせるものもあるが、没後一〇〇年の今なお学ぶに足る先見性や、すぐれた知見や表現も少なくない。彼は、戦争による悲劇をくり返し描き、戦争を愚劣で悲惨なものと見ていた。また、その原因を、国家の権力者たちが領土や利権を拡大するために、さまざまな名目を掲げて起こしたものと考えていた（拙著『夏目漱石と戦争』平凡社新書）。

日露戦争後にも続いた政府や軍部の対外的膨張政策や対内的抑圧政策に対する漱石の危惧や抵抗は、現在の日本の政治状況と重ねてみると、考えさせられることが多い。

『三四郎』（一九〇八年）では、上京する小川三四郎と汽車で同席した広田先生が、一等国になったと浮かれている日本人に対して「亡《ほろ》びるね」と警告を発している。昭和の悲惨な戦争と敗戦によって的中した漱石の予言である。

政府・軍部の膨張政策や軍備拡張については、『それから』（一九〇八年）の中で主人公の長井代助に、日本をイソップ物語の「牛と競争する蛙」になぞらえて、「もう君、腹が裂けるよ」と友人に語らせている。また、評論「マードック先生の日本歴史」（一九一一年）では、「夜番」（軍部）が要求する「政宗の名刀」や「具足」を買うために、国民の生活が圧迫され破滅への道をたどっていると訴えている。

言論統制の狙い見抜く

このような対外的政策を実行するために明治政府は、対内的には、思想・言論の自由などの抑圧を強化した。

漱石は、「野分」（一九〇七年）では、主人公白井道也の執筆活動や演説を妨害しようとする警視庁の探偵の暗躍などを通して、明治政府による思想・言論・集会の自由などの制限を批判している。

一九一一（明治四四）年に政府・文部省が文芸院の設立を計画して文芸委員の選任にとりかかったとき、漱石は、「文芸委員は何をするか」を『東京朝日新聞』に発表し、「政府は又文芸委員を文芸に関する最終の審判者の如《ごと》く見立てゝ、此機関を通して、尤《もっと》も不愉快なる方法によって、健全なる文芸の発達を計るとの漠然たる美名の下に、行政上に都合よき作物のみを奨励して、其他を圧迫するは見易き道理である」とズバリ本質をついた。彼は政府の真の目的が言論統制にあることを見抜いたのである。このときの文芸院構想は、漱石が冷水を浴びせたこともあって、幸いに立ち消えになった。

第一次世界大戦中に学習院で行った講演「私の個人主義」（一九一四年）において漱石は、「自分の個性の発展を遂げやうと思ふならば、同時に他人の個性も尊重しなければならないといふ事」を強調した。また、「個性の発展」のためには「個人の自由」が必要であると述べて、むやみに危機意識をあおり「自由」を制限しようとする国家主義者を批判している。

軍備縮小の候補を応援

さらに漱石は、将来おそらく権力や金力を持つ地位につくであろう学習院の学生たちに対して、それらの乱用をいましめた。国家権力の乱用としては、「政府の気に入らない」者を警視総監が巡査たちに取り巻かせて監視させるという例を挙げている。彼は、無実の者を罪におとしいれて社会主義者や無政府主義者に大弾圧を加えた大逆事件を暗示的に非難したのである。

翌年三月の衆議院議員選挙に英文学者で慶応義塾大学教授の馬場孤蝶が立候補したとき、漱石は、堺利彦らとともに推薦人となり、「私の個人主義」を講演文集に寄稿した。孤蝶が掲げた改革案は、軍備縮小、「新聞紙法」の改正、選挙権の大拡張、治安警察法の撤廃などであった。なお、この選挙戦において、民本主義者と社会主義者との幅広い共同行動が実現したことも、初期の大正デモクラシーの達成の一つとして評価されている。

現在、安倍政権は海外で「戦争のできる国づくり」を急ぎ、メディアへの政治的圧力をますます強めている。

もしも今、漱石が生きていたら、再び日本が「亡《ほろ》び」への道を歩まないために、憲法九条を護る団体の呼びかけ人に名を連ね、執筆や講演などを通じて、市民や野党と力を合わせて、戦争法廃止や安倍内閣退陣などを求めて活動するのではないだろうか、というのが私の想像である。

「私の個人主義」と「個人の尊重」

今から一〇二年前の一九一四（大正三）年一一月二五日、夏目漱石は学習院において「私の個人主義」と題する講演を行った。

その中で彼は、これまでの自分の体験にもとづいて、各自が自分の個性や進むべき道を発見することの大切さを述べた上で、「自己の個性の発展を仕遂げやうと思ふならば、同時に他人の個性も尊重しなければならないといふ事」を強調した。また、「個性の発展」によって幸福を追求するには、表現の自由などの「個人の自由」が欠かせないとした。

権力の乱用批判

当時は第一次世界大戦中で国家主義的思潮の高揚が見られたが、彼はその中にあって「個人主義」を標榜《ひょうぼう》した。そして、「火事の起らない先に、火事装束をつけて（略）町内中駈《か》け歩く」

ことによって危機意識をあおり、国家の安全を口実にして「自由」を制限しようとする国家主義者たちを諷《ふう》している。

漱石は、他人の「個性の発展」を「妨害」できる力として権力と金力を挙げ、将来これらを手に入れることが予想される選ばれた学生たちに対して、その乱用をいましめた。また、「立派な人間になって置かなくては不可《いけな》い」と諭《さと》した。

国家による権力の乱用の例としては、「たとへば私が何も不都合を働らかないのに、単に政府に気に入らないからと云《い》って、警視総監が巡査に私の家を取り巻かせたら何《ど》んなものでせう」と語っている。

彼は、社会主義者や無政府主義者の生命を抹殺し思想・良心の自由を踏みにじった大逆事件の暴圧を暗示的に批判したのである。

漱石は、「たった一人ぼっち」になる場合もあり得る「個人主義」の「淋《さび》しさ」に耐える覚悟を求めているが、共通の要求を持った人たちによる共同行動までも否定していたのではない。彼は、イギリスが「自由を尊ぶ国」であることの例証として、「不平」の意志表示としての自由で秩序ある「示威運動」とそれに対する政府の不干渉などを紹介し、高く評価している。

個人尊重の源流

翌一九一五（大正四）年三月の衆議院選挙に馬場孤蝶が立候補したとき、漱石は孤蝶の推薦人となり、「私の個人主義」を後援文集の巻頭に載せた（本書「漱石の〝戦争観〟に学ぶ」参照）。漱石は学生たちに「人格」の涵養《かんよう》というノブレス・オブリージュ（高い地位には大きな義務が伴うとする考え）の心掛けを説き聞かせたが、その一方では、すべての人々に「個性の発展」を保障するための国策や法律の改革が必要だとも考えていた。そのことが孤蝶支援の行動につながったのであろう。

「私の個人主義」を読むにつけ、いつも想起されるのは、「すべて国民は、個人として尊重される」と規定した日本国憲法第一三条である。その源流を近代日本の思想や文学の中に探るとき、漱石の占める位置は決して小さくないだろう。

漱石文学の基調には「個人の尊重」があり、齢《よわい》を重ねるとともにその深化が見られる。現政権による第一三条の侵害が進行している今日、没後一〇〇年の漱石は今なお多くの示唆を与えてくれる。

Ⅳ　日本近代文学と明治
――小説四篇を通して――

泉鏡花「海城発電」

——排外的ナショナリズムの野蛮——

「海城発電」は泉鏡花（一八七三〜一九三九）が一八九六（明治二九）年一月号の『太陽』に掲載した短編小説である。鏡花の「外科室」（一八九五・四）と「夜行巡査」（同・六）が川上眉山の同傾向の小説とともに〝観念小説〟と呼ばれ、新進作家として注目されるに至ったことはよく知られている。「海城発電」もまた、観念小説の一つと見てよいものであろう。

日清戦争のとき、満州の激戦地〝海城〟で、赤十字社の看護員神崎は、清国の富豪、柳の家へ日本軍の軍夫たちによって連行され、糾弾される。彼らには神崎が「支那人《チャンチャン》」の捕虜になったのち、敵の傷病兵の救護に「粉骨砕身《ふんこつさいしん》」し感謝状までもらって帰ってきたことが許せない。軍夫たちの百人長である「仕込杖」をもった「老壮士」の海野は、味方の内情を敵に白状したのではないかと問いただす。神崎は、清国軍は「野蛮」で「余り拷問《ごうもん》が厳しいので」白状しようと思ったが、軍隊の様子などは何も知らないので言わなかったと「平気」で答える。海野は神崎の「神州男児」にあるまじき「腰抜」や「愛国心」の欠如をなじり、その罪を償うために自分が見てきた敵状を語れと迫るが、神崎は、看護で多忙をきわめたので、その他のことには手が回らなかったと「無邪気」な態度で返答する。このような尋問を続けるうちに、海野は神崎を「国賊」と断じ、軍夫たちは激高して今にも彼に襲いかかろうとする。

神崎は、赤十字社が掲げる博愛の精神と看護員がもつ職務上の義務のために敵味方の区別なく傷病兵の手当てに専念したのであって、敵の内情を探るといった職務外の仕事は一切行わないのだという自分の信念を落着いてよどみなく語る。

そのとき、一人の軍夫が進み出て神崎にくってかかるが、その罵言によって、柳の家へ神崎を拉致するまでのいきさつが明らかになる。軍夫たちが所属する部隊の中隊長が流れ弾に当たって路傍に倒れていた柳を助け、神崎に家まで送らせた。そこへ清の兵隊が押し入ってきたので、柳は神崎を娘の部屋へ隠すが、五日後に清兵が神崎を見つけて捕虜として連れ去る。神崎を愛するようになっていた娘の李花は彼の後を追うが、雪の中に倒れてしまう。五、六人の軍夫が彼女を発見して柳の家まで連れて行くが、それ以来、李花は神崎に恋い焦れて病いの床に臥している。

海野は、軍夫たちに病床から李花を連れ出させ、「これでも、職務外のことをせねばならない必要を感ぜんか」と念を押したうえで、「寝衣《しんい》の袴《はかま》の裾《すそ》をぴりりとばかり裂《つんざ》けり」という行動に出る。さすがに神崎も顔色を変えるが、「胸中無量の絶痛」は少しも挙動に表さず、静かにその場を立ち去る。李花は凌辱され、殺されてしまう。

この凄惨な糺弾会の途中から「黒衣長身の人物」が室内の光景を黙って眺めていたが、全員が立ち去った後でロンドンの通信社に宛てて電信用紙に次のような文言を書き込む。

月　日　海城発

予は目撃せり。

日本軍の中には赤十字社の義務を完《まっと》うして、敵より感謝状を送られたる国賊あり。しかれどもまた敵愾《てきがい》心のために清国《てきこく》の病婦を捉《とら》へて、犯し辱《はずかし》めたる愛国の軍夫あり。委細はあとより。

じょん、べるとん

この電文は、「海城発電」という題名の意味を明示したものであり、主題の暗示でもある。主題については、「神州男児の軍国主義と赤十字の博愛主義の対比」（村松定孝　一九七二年）などの解釈があり、「博愛精神を描いた作品」（三浦一仁　一九九二年）として、その反戦的心情がおおむね高い評価を得てきた。

一方近年では、この小説は日清戦争を「文明と野蛮の戦争」として内外にアピールしていた明治日本の主張と一致しているという読みもある。赤十字看護員神崎や清国の富豪を助けた中隊長にみる日本の「文明」と、捕虜を拷問する清国の「野蛮」とを自明の前提とした上で、文明国日本の内部になお存在する文野の対立が外国人記者ジョン・ベルトンによって裁かれるという構造になっているという（菅総子、二〇〇四年）。

しかし、この作品は、日本の「文明」を自明視しているとは言えない。職務外の仕事をすべて拒否するという神崎の職務観は、軍国主義者の攻撃や強要から赤十字社の博愛精神を守るために身につけたものだが、日本の軍夫たちによる李花殺し（これは日本によるアジア侵略の象徴的表現である）を阻止するためには無力であることがあらわにな〻る。これは当時陸軍省・海軍省の管轄のもとにあった日本赤十字社のもつ限界でもあった（同様に、日本軍の一員である中隊長が示す清国人への同情にも限界があることは言うまでもない）。ただ、神崎は「胸中無量の絶痛」に苛《さいな》まれており、事件後のきびしい反省の中で硬直した職務観から解放される可能性を残している。またこの作品は、清国の「野蛮」を自明視しているわけではない。神崎に感謝状を贈った清国軍の行為や、彼の身を案じる柳や李花の言動などは、「野蛮」とは相反するものとして描かれている。

「海城発電」は、日清戦争を「文野の戦争」とする主張に疑問を呈し、日本及び清国の「文明」の未成熟を指摘するとともに、特に、日本の軍夫たちの形象によって、「野蛮」な排外的ナショナリズムの恐ろしさを描いた反戦的小説だといえるだろう。

川上眉山『大村少尉』

——日清戦争の悲劇——

川上眉山（一八六九～一九〇九）は、本名亮《あきら》。東京帝国大学法科に入学したが、作家を志望するようになり、文科に転じた。尾崎紅葉・山田美妙らの結成した硯友社に加わった眉山は、「墨染桜」（一八九〇・四）「賤機《しずはた》」（一八九三・五）などを発表、その清新な浪漫的作風によって好評を得た。その後、硯友社の遊戯的傾向に飽き足らず「書記官」（一八九五・二）「うらおもて」（一八九五・八）では作者の社会批判を大胆に表白し、同じ傾向の泉鏡花の作品（「夜行巡査」「外科室」）とともに「観念小説」と呼ばれ、文壇の新傾向として評価された。

一八九六（明治二九）年五月に春陽堂から刊行された『大村少尉』は、海軍士官大村楠雄少尉を語り手とする長編小説で、主として日清戦争の時代を背景にした物語である。

楠雄の父大村幹雄少佐は、フランスで製造した畝傍《うねび》艦を受け取って本国まで航行させる回航委員長の任務につくが、日本の領海近くまで来たとき、台風に遇って軍艦が沈没、乗組員全員とともに水死する。当時海軍兵学校の生徒であった楠雄は、世論が沈没の責任を回航員一同に帰し、ひいては海軍軍人全体の信用を疑うような成行きになってきたことに憤慨する。そして、今後機会があれば、父の過失を償うような報国の義務を果して、名誉の戦死を遂げようと覚悟する。親友の樫田の父も回航員で、樫田は父の汚名をすすぐために、抜群の偉功をたてたいと水雷科へ転学する。（のちになって楠雄は、政府の要人が船足を早くしてほしいとあまりに無理な注文をしたために、畝傍艦は風波による転覆の危険が大きいという構造上の欠陥をそなえたものになり、そのことが沈没につながったことを知る。）

楠雄は海軍兵学校を首席で卒業し、樫田とともに予備士官となる。やがて日清戦争が勃発。豊島沖の海戦（一八九四・七・二五）のとき、樫田は水雷艇隊に加わって清国の旗艦を攻撃する中、敵弾に撃たれて戦死する。楠雄も黄海海戦（一八九四・九・一七）に出撃して勇敢に戦うが、敵弾によって負傷する。彼は呉海軍病院で治療を受け、樫田の妹操子《みさこ》から手厚く看護されて回復する。二人はたがいに心を惹かれ合いながらも、彼の戦場への復帰によって別れる。

その後、日清講和条約の調印、三国干渉による遼東半島の還付（一八九四・四）などがあった。本国へ帰った楠雄は母との再会を果すが、操子が死んだことを聞き、入院中に愛を告白せずに別れたことを深く悔む。樫田一家は以前樫田の父が巨額の負債を残していたことが没落の原因となり、操子はやむなく親戚の家に身を寄せたが、その家の主人から六〇歳を過ぎた高等文官の妾になることをしつこく勧められて家を出る。彼女は看護婦となって野戦病院ではたらき楠雄と出会うが、その後伝染病にかかって急死する。彼女の母の樫田夫人は娘の訃報に接して卒倒し、正気を失って精神病院に収容されている。楠雄は夫人の見舞いに行くが、夫人は彼を見ても誰だかわからない。

ある日、大村楠雄少尉は、父や樫田家の亡き人たちの遺霊を慰め戦死した先輩や亡友を弔うために、青山の海軍墓地を訪れる。父の墓前に立って、日清戦争で惜しくもない命を拾った不面目や胸中の苦しみを述べ、この頃は名誉や戦功がつまらないものに思え、世間の人々を見るのも厭になったと訴える。樫田家の墓前では、操子の霊に「我《われ》と我心《わがこゝろ》を欺《あざむ》いて居《を》ッた」ことなどを詫び、樫田父子に対しては「実《じつ》に一言《いちごん》の申訳《まをしわけ》もない」と語る。自分の胸中の悲しみを慰めてくれる人々はもうこの世には誰もいないという大村少尉の深い嘆きのうちに、物語は終わる。

この作品の中に、日清戦争に対する批判的な言説は全く見当たらない。「朝鮮政府《てうせんせいふ》の改革《かいかく》を外交《ぐわいかう》の力《ちから》で遂《と》げやうとしても、迚《とて》も成功《せいこう》の見込《みこみ》は無《な》く、日清両国《にっしんりょうごく》が砲火《ほうくわ》の間《あいだ》に其《そ》の権力《けんりょく》を争《あらそ》ふのは、到底《たうてい》避《さ》けられない事情《じじやう》となった」というのが、作者の見た日清戦争の原因である。それは、朝鮮政府には内政を改革して清国から独立する能力がないとして、朝鮮に対する内政干渉や日清開戦を正当化した日本政府の公式見解とほぼ同じものだった。また、大村少尉や樫田少尉は、「報国の念」を抱き「名誉の戦死」をいとわない模範的な軍人として登場する。

しかし、一方でこの作品は、日清戦争が多くの人々に与えた苦しみや悲しみを抒情的かつ写実的に描いている。多くの軍人の戦死や遭難死、軍人遺族の悲惨な境遇、戦争に翻弄されて実らないままに終わった悲恋などである。戦勝のよろこびなどは、ほとんど記されていない。大村少尉の心情は、前述したように、「名誉」や「戦功」をつまらないものと思うまでに変わっていく。彼は、自分が近い将来において、「清国《しんこく》といふ弱敵《じゃくてき》」のほかに新しい「強敵《きやうてき》」と戦うことを予想しているが、大国ロシアへの敵愾心《てきがいしん》を燃やしているわけではなく、自分が戦死して亡友樫田少尉と地下で語り合える日が来ることを楽しみにしているのである。また、この作品には、畝傍艦の沈没に対する政府の責任の指摘や操子を妾にしようとする高等文官の醜い欲望の描出もあって、「書記官」などとも共通する政治家や高級官僚に対する批判がこめられている。

「大村少尉」は、戦争への明確な批判意識を貫いた作品とは言えないが、日清戦争が生んだ悲劇を力をこめて描き、戦争の残酷さやむなしさを表現している点で、厭戦的な小説になり得ているといえるだろう。

高浜虚子『朝鮮』

――作者の「主観」を越える「写生」の成功――

高浜虚子（一八七四～一九五九）は俳人・小説家。愛媛県松山市に生まれた。本名・清。上京して正岡子規の俳句革新運動に加わり、一八九八（明治三一）年九月、松山の柳原極道から俳誌『ホトトギス』を継承して面目を一新、写生句や写生文の創作によって、河東碧梧桐とともに子規門下の双璧《そうへき》となった。

一九〇五（明治三八）年一月から漱石が虚子のすすめで『吾輩は猫である』を『ホトトギス』に連載して好評を博したことに刺激を受け、虚子も次々に小説を発表し、余裕派の文学と呼ばれて明治文壇に異彩を放った。

『朝鮮』は、一九一一（明治四四）年六月一九日から一一月二五日まで『東京日日新聞』に連載された。これは、同年の四月と六月に二度にわたって出かけた朝鮮旅行を題材にした長編小説である。この年は元韓国統監伊藤博文が安重根《アンジュングン》に暗殺されてから二年後、韓国併合が強行された翌年にあたる。

この頃の虚子は、「我等は客観的の写生の小成功を以て満足してはならぬ」（「石火矢」『ホトギス』一九一一年一月号）と述べ、「主観的にして客観的な写生」（同）「客観的にして主観的な写生」（同）をめざしていた。『朝鮮』においても、当時の朝鮮の風物や人間を客観的に細かく写すとともに、それらを見る余の感慨や朝鮮観を表現している。

余の朝鮮観を端的に示すものは、「海峡を渡って朝鮮の土地を踏んでからは、全く矛盾した二個の考《かんがへ》が絶えず起った。その一はこの衰亡の国民を憫《あはれ》む心であって、（中略）その二はかく一方に被征服者を憫みながらも、同時にこの発展力の偉大な国民を嘆美する心持で、『さすがに日本人は偉い』と初めてこの為《な》す有《あ》る民族の上に、自己もその民族の一員として抑え難き誇《ほこ》りを感ずるのであった」（四）という一節であろう。虚子は韓国併合を手放しで肯定し、日本人を賛美している。

余が朝鮮人に対して「憫《あはれ》む心」を起こしている場面は随所に見られる。たとえば、余は釜山でこんな光景を見る。一人の朝鮮人の子供が夫婦連れの商売人らしい日本人のところへ、重い荷物を背負ってやって来る。男は五銭渡すが、子供は「足りません」と言って突き出した手を引込めようとしない。男は「無い〳〵」と言って突きのけようとするが、子供は言うことを聞かない。はじめに約束した金額には足りないからである。しまいに男の妻が仕方なく五銭銅貨を追加する。この出来事を見た余は、「自分の事のやうに恥かしく感じた」と語る。朝鮮人の子供に対する同情と下劣な日本人への嫌悪がよく表れている場面である。しかし、植民地における征服者と「被征服者」との関係が日本人の「賤しむべき挙動」を生んでいるということへの考察や反省はない。韓国併合の肯定という「主観」が、それを妨げているのである。

京城（現・ソウル）で知り合った洪元善は、拷問《ごうもん》によって歯をすっかり抜き取られた元抗日運動家だが、今では日本人とも交際している。また、長く宮中に出仕していたという美しい妓《キー》生《セン》の素淡は、自分のアルバムの中に安重根の写真を隠している。彼女は余に向かって、自分は今も独身なので親切な日本人に身を任せたいなどと語るが、そのときの彼女の顔にも、それを聞いていた洪の顔にも一瞬冷笑が閃《ひらめ》く。ここには、韓国併合後も日本人に対する反抗心や民族独立の希望を失っていない朝鮮人像が生き生きと描かれている。余は彼らの心情に理解を示している。それはやはり「憫む心」からであるが、今後朝鮮国の衰亡と大日本帝国への同化が進むにつれて、彼らの反抗心や独立願望はやがて消失すると考えているからであろう。ここでも作者の誤った「主観」が、洪や素淡の悲劇を表面的にしか表現できないという結果を招いている。日本人の登場人物としては、余とその妻の他に出処不明の資金を得て活動している大陸浪人の石橋剛三、気まぐれだが純情でもあり余に思いを寄せる芸者のお筆、壮士役者の群に身を投じて各地を巡演している鶴見慶之助らが印象的に描かれている。

一九一二（明治四五）年二月に『朝鮮』を実業之日本社から出版したときには、当時の朝鮮総督寺内正毅が虚子のもとへわざわざ使いを寄こして謝意を表している。虚子はその理由について、「併合当時の朝鮮にあった内鮮人の状態と国威の北遷して行く勢とを写し且《か》つ朝鮮の大陸的風光を描くことを目的とした点が、或《あるい》は植民政策から見て有効な一書とされたものかもしれなかった」(『高浜虚子全集』第五巻、一九三四年、改造社)と推測している。

とは言え、「国威の北遷して行く勢」を写すという作者の「目的」は全く実現していない。たしかに『朝鮮』の主要な人物は北へ北へと移動し、はじめ大邱《たいこう》や京城で余と出会い別れた男女の多くは、平壌で再会する。また小説の最後で石橋剛三・お筆・鶴見慶之助らは、さらに満州へ向かって旅立って行く。けれども、剛三の活動の内容や意義については何も書かれていず、彼の豪傑ぶりも気取りやうぬぼれとしか見えない。お筆や慶之助の姿には、生活のために異郷を流浪する者の哀愁がにじんでいる。

漱石は、虚子宛の手紙(一九一二・四・一八付)の中で、「私も朝鮮へ参りましたが、とてもああは書けません」と感服し、平壌の場面やお筆という人物の描写などを「結構です」「中々うまいです」とほめている。このように『朝鮮』は、作者の誤った「目的」や「主観」を越えて、客観的な「写生」に成功している場合も少なくない。そして、そのことによって、『朝鮮』は、今日もなお読むに耐える小説となり得ていると言えるだろう。

芥川龍之介「金将軍」

――朝鮮侵略と歴史の粉飾――

芥川龍之介（一八九二～一九二七）の短編「金将軍」は、一九二四（大正一三）年二月に雑誌『新小説』に掲載された。

この作品は、従来ほとんど問題とされず、「浅い諷刺をもてあそんだ戯作ようのもの」（吉田精一『芥川龍之介全集』第三巻解説、一九六四年）の一つとする見方が一般的であった。しかし、一九九〇年代以降日本や韓国の研究者に注目され、出典や作者の歴史認識などについて研究が進められている。

出典については、雀官《チェンクワン》が『壬辰録』によるものと特定した（一九九三年）。『壬辰録』は豊臣秀吉が二度にわたって朝鮮に出兵した壬辰倭乱《イムジンウエラン》（文禄・慶長の役）における朝鮮の英雄たちの戦いなどを語った民間伝承にもとづく作者不詳の歴史物語である。その後、西岡健治が、三輪環著『伝説の朝鮮』（一九一九年）の中の「金応瑞《きんおうずい》」を直接の出典として断定した（一九九七年）。ただ「金応瑞」も『壬辰録』の一部分の再話なので、両者の説は必ずしも対立するものではない。

「金将軍」は、「朝鮮の国を探《さぐ》りに来た」加藤清正と小西行長が平壌近くの田舎道を歩いていくところから始まる。二人は、道端で寝ている「異相」をした「童児」の姿に目をとめる。清正は「唯者《ただもの》ではない」として切り殺そうとするが、行長は「無益《むやく》の殺生《せっしゃう》をするものではない」と言って、清正を押しとどめる。

三〇年後、秀吉の命で清正と行長は、無数の兵士とともに朝鮮へ侵攻する。「家を焼かれた八道の民は親は子を失ひ、夫は妻を奪はれ、右往左往に逃げ惑った」。このような無惨な状況の叙述には、秀吉の朝鮮侵略に対する芥川の批判があり、さらに現代の朝鮮侵略——韓国併合による植民地化に対する批判をも暗示している。

義州へのがれた宣祖王が明《みん》の援軍を待ちわびているとき、国を救うために王のもとへ駆けつけたのが、先の「童児」が成長して将軍となった金応瑞であった。金将軍は王の命を奉じて、寵愛する妓生桂月香《けいげっこう》と暮らしていた行長のもとへ赴《おもむ》く。金は「国を憂ふる心」をもった月香の助けを得て、彼女の兄といつわって眠り薬を仕こんだ酒を行長に飲ませて眠らせ、行長の宝剣の魔力とも戦い、灰のもつ呪術的な力にも助けられて、行長を討ちとることができた。

王命を果たした金は月香を背負って逃げるが、ふと彼女が行長の子を身ごもっていることを思い出し、「三〇年前《まへ》の清正のやうに」、将来の禍を取り除くためには親子を殺すしかないと覚悟を定める。「金将軍は忽《たちま》ち桂月香を殺し、腹の中の子供を引きずり出した。」作者は、「英雄は古来センチメンタリズムを脚下《きゃくか》に蹂躙《じゅうりん》する怪物である」と言う。ここでは和田繁二郎が『芥川龍之介事典』（一九八五年）で指摘したように、「英雄の非人間性」が批判されている。もとよりこの批判は、金に対するものであるばかりでなく、秀吉や清正や行長にも及んでいると読みとるべきであろう。

この作品の最後には、次のような作者の批評が述べられている。

これは朝鮮に伝へられる小西行長《こにしゆきなが》の最期である。行長は勿論征韓の役《えき》の陣中には命を落さなかった。しかし歴史を粉飾《ふんしょく》するのは必ずしも朝鮮ばかりではない。日本も亦小児《せうに》に教へる歴史は、——或は又小児と大差のない日本男児に教へる歴史はかう云ふ伝説に充ち満ちてゐる。たとへば日本の歴史教科書は一度もかう云ふ敗戦の記事を掲げたことはないではないか？

そして、その次に、『日本書紀』巻二七から六六三（天智天皇二）年八月の白村江《はくすきのえ》の戦いの記事が引用されている。朝鮮経営をめぐる日本・百済《くだら》と新羅《しらぎ》・唐との争いで、この敗戦によって、日本は朝鮮半島から手を引いたのである。

芥川は、小西行長が「征韓の役《えき》の陣中」で金将軍に殺されたという朝鮮の伝承を「歴史の粉《ふん》飾《しょく》」だと言う。日本の侵略に対する屈辱と怒りがこのような架空の英雄譚を生んだと考えたのであろう。その上で、彼は、「歴史の粉《ふん》飾をするのは必ずしも朝鮮ばかりではない」として、日本においても歴史を美化したり偽造したりした「伝説」が充満していることを指摘する。「小児と大差のない日本男児」という表現には、「粉飾《ふんしょく》」を見抜くだけの批判力に欠けている日本の大人たちに対するアイロニーがこめられている。「歴史の粉飾《ふんしょく》」には、都合の悪い事実を隠《いん》蔽《ぺい》するという方法もある。芥川は、「日本の歴史教科書」に一度も載らない「敗戦の記事」として、『日本書紀』の「白村江《はくすきのえ》の戦い」を例示している。

「金将軍」の結びに「如何なる国の歴史もその国民には必ず光栄ある歴史である」とある。和田繁二郎は、ここに「皇国史観への批判」(『芥川龍之介事典』)を見ている。関口安義は、「歴史は改ざんされてはならないし、歴史を粉飾しても意味はないという考え」(『芥川龍之介の歴史認識』二〇〇四年ほか)を読み取っている。関口は、戦場におけるN将軍の冷酷さなどを描いた「将軍」(一九二二年)や桃太郎の鬼ケ島征伐を侵略として描いた「桃太郎」(一九二四年)などとともに、「金将軍」を芥川のすぐれた歴史認識を知る上で大事な作品であるとしている。

芥川の死後、国民を無謀な侵略戦争に駆り立てるために、歴史を粉飾した皇国史観が徹底的に利用されたことを思えば、——そして、今なお歴史の美化や偽造の試みがつづいていることを思えば、——「金将軍」のもつ先見性は高く評価されるべきであろう。

関連年表

西暦	年号	年齢	事項	作品など	国内外の出来事
1867	慶應3	0	1月5日（新暦2月9日）誕生。本名金之助。		10月、大政奉還。 12月、王政復古の大号令。
1868	明治元	1	11月頃、塩原家の養子となる。		1月、戊辰戦争始まる。 4月、江戸城開城。 9月、明治改元。
1869	2	2			
1870	3	3			
1871	4	4			7月、廃藩置県。
1872	5	5			
1873	6	6			1月、徴兵令公布。 7月、地租改正。この年、征韓論が起こる。
1874	7	7			
1875	8	8			6月、讒謗律・新聞紙条例制定。
1876	9	9	塩原家に在籍のまま生家に戻る。		3月、廃刀令。
1877	10	10			2～9月、西南戦争

1878	11	11	10月、錦華小学校卒業、東京府立第一中学校入学。	2月、友人との回覧雑誌に「正成論」発表。	
1879	12	12			
1880	13	13			
1881	14	14	1月、実母千枝死去。春頃、東京府第一中学中退、二松学舎に転校。		
1882	15	15	二松学舎を中退。		
1883	16	16			
1884	17	17	9月、東京大学予備門予科入学、同級に中村是公、芳賀矢一らがいた。		7月、華族令公布。
1885	18	18			
1886	19	19		月日不詳、漢作文「観菊花偶記」執筆。	3〜4月、学校令発布。3月、帝国大学令公布。4月、師範学校令発布。兵式体操（軍事教練）が体操科に導入される。
1887	20	20	3月に長兄、6月に次兄が死去。9月、第一高等中学校予科に進級。		

1888	21	21	1月、塩原姓から夏目姓に復籍。9月、第一高等中学校本科英文科入学。		
1889	22	22	子規と親交。	5月、英作文「討論—軍事教練は肉体練成の目的に最善か?」執筆。9月、『木屑録』執筆。	1月、徴兵令を全面的に改定。2月、大日本帝国憲法発布。
1890	23	23	7月、第一高等中学校卒業。9月、帝国大学文科大学英文科入学。	6月、英作文「16世紀における日本とイギリス」執筆。	7月、第一回総選挙。10月、教育勅語発布。
1891	24	24		12月、英訳『方丈記』執筆。	
1892	25	25	4月5日、北海道に送籍・分籍。8月、松山で虚子と出会う。	10月、評論「ホイットマン論」発表。12月、論文「中学改良策」執筆。	
1893	26	26	7月、帝国大学卒業、大学院進学。10月高等師範学校英語嘱託になる。	1月、「英国詩人の天地山川に対する観念」発表。	4月、出版法制定。
1894	27	27	年末から翌年始にかけて鎌倉円覚寺塔頭帰源院に参禅。神経衰弱に悩む。		3月、朝鮮で甲午農民戦争(東学党の乱)起こる。7月、日英通商航海条約調印。8月、日清戦争始まる。

1895	28	28	4月、愛媛県尋常中学校に赴任。6月、愚陀仏庵に転居。8〜10月、子規と同宿。		4月、下関条約調印、三国干渉。10月、閔妃が殺害される。
1896	29	29	4月、熊本の第五高等学校講師に転任。6月、鏡子と結婚。		
1897	30	30	6月、実父直克死去。		1月『ホトトギス』創刊。
1898	31	31			4〜8月、米西戦争。12月、パリ条約。
1899	32	32	5月、長女筆子誕生。8〜9月、山川信次郎と阿蘇旅行。	8月、「小説『エイルヰン』の批評」。	義和団事件（〜1901年）。南アフリカ戦争（〜1902年）。
1900	33	33	9月、文部省給費留学生としてイギリス留学のため横浜出航。		
1901	34	34	1月、次女恒子誕生。	5月、「倫敦消息」が『ホトトギス』に掲載される。『文学論』の構想を固める。	9月、北清事変に関する最終議定書調印。
1902	35	35	神経衰弱に悩む。9月、子規死去。12月、帰国のためロンドン出発。		1月、日英同盟調印。

1903	36	36	1月、東京着。3月、千駄木に転居。4月、東京帝国大学講師、第一高等学校英語嘱託に。神経衰弱が高じて妻子が別居。11月、三女栄子誕生。	6月、「自転車日記」発表。	
1904	37	37	＊6月、大塚楠緒子「進撃の歌」。9月、与謝野晶子「君死に給ふこと勿れ」。	5月、新体詩「従軍行」発表。	2月、日露戦争開戦。5月、東京で提灯行列。
1905	38	38	12月、四女愛子誕生。＊1月、大塚楠緒子「お百度詣で」。	1月〜翌年8月、『吾輩は猫である』連載。1月、「倫敦塔」。3月、講演「倫敦のアミューズメント」。4月、「幻影の盾」。5月、「琴のそら音」。談話「批評家の立場」。9月、「一夜」。11月、「薤露行」。	1月、ペテルブルグで血の日曜日事件。5月、日本海海戦。8月、アメリカと桂・タクト協定締結。第2回日英同盟調印。9月、ポーツマス条約調印。日比谷焼打事件。11月、第二次日韓協約。
1906	39	39	＊3月、島崎藤村『破戒』刊行。	1月、「趣味の遺伝」。4月、『坊っちゃん』。5月、『漾虚集』刊。9月、「草枕」。10月「二百十日」。同月『吾輩は猫である』（上篇）刊。	

1907	40	40	4月、朝日新聞社入社。6月、長男純一誕生。9月、早稲田に転居。	1月、「野分」。5月、『文学論』刊。6~10月、『虞美人草』連載。	4月、帝国国防方針、帝国軍用兵綱領を裁可。6月、ハーグ密使事件。7月、第三次日韓協約。
1908	41	41	12月、次男伸六誕生。	1~4月『坑夫』連載。6月、『文鳥』。7、8月、『夢十夜』発表。9~12月、『三四郎』連載。	
1909	42	42	1月、朝日新聞文芸欄開設。9~10月、中村是公の招きで中国東北部、朝鮮半島を旅行。11月、義父と義絶。	1~3月、『永日小品』連載。3月『文学評論』刊。6~10月、『それから』連載。10月、談話「昨日午前の日記」。10~12月、『満韓ところ〴〵』連載。11月、「『煤煙』の序」。	4月、日糖疑獄事件。5月、新聞紙法公布。10月、伊藤博文暗殺。
1910	43	43	3月、五女ひな子誕生。6~7月、胃潰瘍で入院。8月、修善寺の大患。10月~翌年2月、入院。	3~6月、『門』連載。7月、「艇長の遺書と中佐の詩」。10月~翌年3月、『思ひ出す事など』連載。	5月、大逆事件（幸徳秋水等逮捕）。8月、韓国併合。
1911	44	44	2月、博士号辞退。8月、関西へ講演旅行の折、大阪で入院。9月、帰京。	3月、「マードック先生の日本歴史」。5月、「文芸委員は何をするか」。	1月、幸徳秋水ら処刑される。5月、特別高等警察が東

			11月、五女ひな子急死。同月、朝日新聞文芸欄廃止。	8月、講演「現代日本の開化」。	京警視庁内におかれる。
1912	45 大正1	45		1～4月、『彼岸過迄』連載。5月、「『土』に就て」。10月、「文展と芸術」。12月、『行人』連載開始。	7月、明治天皇歿、改元。9月、乃木大将殉死。
1913	2	46	4月、胃潰瘍再発と強度の神経衰弱で『行人』連載中断。9月、再開。	12月、講演「模倣と独立」。	
1914	3	47		4～8月、『こゝろ』連載。11月、講演「私の個人主義」。	8月、第一次世界大戦参戦。9月、マルヌの戦い。
1915	4	48	3～4月、京都旅行、胃痛で倒れる。	1～2月、『硝子戸の中』連載。6～9月、『道草』連載。	1月、対華二十一箇条要求を提出。
1916	5	49	11月、胃潰瘍で倒れる。12月9日死去。	1月、「点頭録」。5～12月、『明暗』連載。	

初出一覧

Ⅰ　漱石と明治日本の出発

維新の志士と明治の元勲と（『人権と部落問題』二〇〇五年八月号）
西郷隆盛と「正成論」（『同』二〇〇五年一〇月号）
「観菊花偶記」と華族令（『同』二〇〇六年六月号）
大日本帝国憲法発布のころ（『同』二〇〇六年九月号）
帝国大学令とホイットマン論（『同』二〇〇七年二月号）
軍隊式教育批判と徴兵忌避（『同』二〇〇七年一〇月号）
貧富の格差と拝金主義（『同』二〇〇八年三月号）
漱石とロンドンの巡査―「自転車日記」を中心に―（『同』二〇一六年一月号）

Ⅱ　漱石と日露戦中・戦後

『吾輩は猫である』と警視庁の探偵（『同』二〇一五年八月号）
『吾輩は猫である』と実業家の探偵（『同』二〇一六年七月号）
『吾輩は猫である』の世界―型破りな発想　落語から―（『朝日新聞』二〇一六年三月三〇日付）

漱石の厭戦小説―『猫』「幻影の盾」「趣味の遺伝」―（『人権と部落問題』二〇〇八年一一月号）
漱石と『破戒』―評価と衝撃―（『同』二〇〇七年三月号）
「草枕」と探偵（書き下ろし）
「二百十日」の世界―「文明の革命」を求めて―（『人権と部落問題』二〇〇四年九月号）
「二百十日」と落語（『國文學』二〇〇八年六月号　學燈社）
「野分」と探偵（書き下ろし）
『三四郎』と戦争（『人権と部落問題』二〇〇九年一一月号）
漱石の姦通小説―『それから』の場合―（『同』二〇一七年七、八月号）
「満韓ところどころ」の再検討（『同』二〇〇八年一〇月号）
漱石と伊藤博文暗殺（『同』二〇一〇年五月号）
漱石と広瀬中佐（『夏目漱石と戦争』二〇一〇年六月　平凡社新書）
『門』の中の京都（『虞美人草』京都漱石の会会報第十六号、二〇一五年一一月五日付）

Ⅲ

漱石と明治の終焉

明治天皇の死と漱石（『夏目漱石と戦争』二〇一〇年六月　平凡社新書）
『こゝろ』―「明治の精神」と先生没後の私―（『人権と部落問題』二〇一五年三月号）

わが作品を語る――『夏目漱石「こゝろ」を読みなおす』――（『同』二〇〇六年三月号）
漱石の〝戦争観〟に学ぶ（『京都民報』二〇一六年五月一五日付）
「私の個人主義」と「個人の尊重」（日刊『しんぶん　赤旗』二〇一六年一一月一五日付）

Ⅳ

日本近代文学と明治――小説四篇を通して――

泉鏡花「海城発電」――排外的ナショナリズムの野蛮――（『人権と部落問題』二〇一二年九月号）
川上眉山『大村少尉』――日清戦争の悲劇――（『同』二〇一二年四月号）
高浜虚子『朝鮮』――作者の「主観」を越える「写生」の成功――（『同』二〇一一年五月号）
芥川龍之介「金将軍」――朝鮮侵略と歴史の粉飾《ふんしょく》――（『同』二〇一一年九月号）

著者紹介

水川隆夫（みずかわ　たかお）

1934 年京都府生まれ。京都大学文学部卒業（国文学専攻）。大阪府豊中市立第三中学校教諭・京都府立鴨沂高等学校教諭・京都府教育研究所員・京都大学教育学部非常勤講師等を経て、京都女子大学文学部教授となり、1999 年定年退職。2004 年度より公益社団法人部落問題研究所文芸研究会員となり、現在に至る。

主な著書

A．日本近代文学関係

『増補　漱石と落語』 2000 年　平凡社ライブラリー

『漱石の京都』 2001 年　平凡社

『漱石と仏教』 2002 年　平凡社

『夏目漱石「こゝろ」を読みなおす』 2005 年　平凡社新書

『夏目漱石と戦争』 2010 年　平凡社新書

谷口善太郎を語る会編『谷善と呼ばれた人』（共編著） 2014 年　新日本出版社

B．国語教育関係その他

『国語科到達度評価の理論と方法』 1981 年　明治図書出版

『国語科基本的指導事項の到達度評価』1987 年　明治図書出版

『説明的文章指導の再検討』 1992 年　教育出版センター

『チャップリンと現代』 1998 年　シネ・フロント社

漱石と明治

2018 年 1 月 25 日　第 1 刷発行

著　者　水川隆夫

発行者　黒川美富子

発行所　図書出版　文理閣

京都市下京区七条河原町西南角　〒600-8146

TEL（075）351-7553　FAX（075）351-7560

http://www.bunrikaku.com

印刷所　吉川印刷工業所

ISBN978-4-89259-817-3